JN308760

いづみ語録・コンパクト　鈴木いづみ

編集・鈴木あづさ＋文遊社編集部　文遊社

凡例

抜粋した文章の文頭の——は、段落の途中から抜粋したことを示し、……は、文の途中から抜粋したことを示しています。文末の（ ）内にタイトル名、発表年月、掲載ページ数（小社発行単行本のみ表記）、雑誌・単行本名を表記しました。

なお、『鈴木いづみコレクション　全8巻』所収の文章は、C1-11pのように表記し、Cが『鈴木いづみコレクション』、そのあとの数字は巻数、ページ数を表わしています。発行年のないものは、巻末の書誌を参照してください。

本書は、小社発行の『いづみ語録』のコンパクト版です。語録部分のみを再録とし、新たに、略歴、書誌、解説を付しました。

語録の編集には、鈴木あづさと小社編集部が共同であたり、鈴木いづみの世界観を彩る、切れ味鋭い、強く印象に残る言葉を、単行本および単行本未収録の雑誌掲載作品の中から採録しました。

「速度が問題なのだ。人生の絶対量は、はじめから決まっているという気がする。細く長くか太く短くか、いずれにしても使いきってしまえば死ぬよりほかにない。どのくらいのはやさで生きるか？」――鈴木いづみ

この『いづみ語録』は、宇宙空間から見た碧い地球のように、鈴木いづみが言葉で捉えようとした世界を一望したものです。『語録』を道標としてさらに原典に深く分け入れば、そこには、豊かな言語宇宙が広がり、鈴木いづみが姿を現します。

写真＝荒木経惟
装幀＝佐々木暁

いづみ語録・コンパクト

愛

クラム・チャウダーをたべながら、唐突に、愛しあって生きるなんて、おそろしいことだ、と思った。この男を、まだ愛してはいないけど。いままで、だれも愛したことはないけれど。(ハートに火をつけて　C1-203p)

「ねえ、愛って、なんなの?」

「これのことだろ?」

彼は手をのばして、わたしの脚のつけねをおさえた。(ハートに火をつけて　C1-250p)

「なぜ、あの子といっしょにいるの」

「……気に入っているからだろうな。やっぱり、好きなのかな」

「どんなとこが?」

「抱いてて気持ちがいいからさ。それ以外にないだろ。気に入る理由なんて」(声のない日々　C2-70p)

「あなたはいつだって自分からみじめさを求めてるようなもんだ」

「わたしは誰も愛さないようにしようと思ってるだけよ」

「そんなことできるのか」

「無差別性交以外にないじゃない」（九月の子供たち　C2-207p）

わたしのなかには、相手を破滅させたいという感情と、愛されたいという想いが、いつも同時に存在していた。相手を愛したい、とはげしく願うのだが、一方では拒否せずにはいられないのである。そして、いきつくところは、相手に対する嫉妬と軽蔑である。つまり敵意なのだ。

（幻想の内灘　C5-194p）


「愛」のなかでは、よりいっそう自分というものが明確になって、しかるべきである。なぜなら、「あなた」を愛するのは、この「わたし」であるから。「わたし」がなければ、だれが「あなた」を愛するのだろう。

「愛」の名において、自分を見うしなう女を身近にみると、じつにぶざまである。（異性は異星人　C5-232p）

ふたりをむすびつけるものが、セックスじゃないっていう関係は、一夜にしてできあがるもんじゃない。性的なものがなくなってもいっしょにいるってのは、すごいことだよ。（男と暮らす法　恋がおわってから　C6-202p）

——至上の愛なんて、ないんだよ、ねえ。あるのは、ひとつひとつの男女関係が、どういうふうに、つきすすむかだよ。その程度の問題なんだ。（『いづみの残酷メルヘン』　346p）

それにしても、愛というものはやはり幻想でしかないのだろうか。気ちがいじみた情熱だけが愛だとは思わないが、自分をも許してもらいたいために相手を許して許してどんなことをされても最後まで許すような女は、もはや女ではないのかもしれない。そこまでいくと母親になってしまう。

娼婦になれなかったら、母親になるしかないじゃないか、とわたしは自分に向かってつぶやく。（私の同棲生活批判　73/3『婦人公論』）

「ううん、彼は、死ぬほど愛するひとよ。でも、そんなふうになるから、いけないのよ。いろんなものを見失うわ」（『タッチ』　305p）

わたしは一生だれもアイさない。これまでそうだったように、おそらくは、これからも。そういうふうには、生まれついていないのだ。（『いづみの残酷メルヘン』227p）

あたたかさ

――あったかくはないわよ、けっして。あたたかさは獲得すべきもんじゃないから。もって生まれてこなかったら、ないものよ。（『いづみの残酷メルヘン』225p）

いいわけ

「いいわけを知っている人生」を目撃すると、うんざりする。いいわけとはたいていの場合、彼がやってしまったことではなく、彼がやらなかったことにむかう。やってしまったという事実の大きさは、かわりはしない。なしえなかったことの後悔は、妄想の助けをかりて、どこまでも増殖しつづける。（乾いたヴァイオレンスの街　C5-36p）

怒り

――怒りはわすれることだ。さもないと、自分の感情に報復されることになる。（『タッチ』313p）

「そうなんだよ。おこる権利がなくても、人間って、勝手に怒り狂うことがあるからな」（『タッチ』236p）

生きがい

生きがいとは、陽の光とか、陽が沈むところを見ているとか、そういう感覚的なものだよ。その瞬間、瞬間を体験するために生きているんだなあと思う。（インタビュー C8-213p）

ビートルズに熱狂しなかった、ただひとりの高校生だった。

生きがいとは、欲望に呼応するものである。だから、欲望のない人間は、生きていないのも同然である。ビートルズはもちろん、映画スターにしろ小説の主人公にしろ、自分がつきあう男たちにしろ、我を忘れるほど夢中になったことはない。いつもどこかに、醒めた意地の悪い自分がいた。

食べること、着ること、あらゆる意味での性的なこと、それらの欲望に全部を投入しきり溺れきったら、どんなに幸福なことだろう。幸福あるいは生きがいの源泉は、単純さであり、疑うことをやめてしまった怠惰な精神である。（ばら色の人生？　73/1『いんなあとりっぷ』）

生きる

――狂騒状態で毎日をすごし、痛みを感じるひまもなく不意に死ぬのが、わたしの理想だ。いつも走りつづけていたら、突然ゆっくりと歩くことなんてできない。（ああッ！　C6-112p）

――充実した嵐の日々は、もうけっしてかえってこないのだ。できたら、あたしもそんなふうに生きたい。たとえみじかくても、灼かれるような日々をすごしてみたい。（なつ子　C2-383p）

――ひとは、じつは、いつも変わらぬ現在のうえに生きているだけだから。（なんと、恋のサイケデリック！　C3-47p）

自分が生きていくということに、どんな意味があるのか？　もちろん意味なんか、ありはしないのだ。しかし、人間は、自己の存在のよりどころがなくては、荒廃していくだけである。わたしは、自分を「夜の底をはだしで歩いている赤ん坊」のように感じている。アイデンティティがないのだ。（幻想の内灘　C5-197p）

——だってあたし、いまじゃ、生きてるふりをしてるだけなんだもの。それに飽きると、死んだふりをときおりしてみるけど。（いづみの三文旅行記　C6-151p）

フリーだハッピーだと信じていても、実際にそうだろうか。この現実には、フリーでもハッピーでもない要素が多すぎる。

わたしは生きていかなければならないのだ。できうるかぎりの錯覚や幻想を排除して。（涙のヒットパレード　77/4『宝島』）

ふたりで生きるということも、ひとりで生きていくのと同じように、覚悟が必要なのだ。わたしはわたしでしかありえない。わたしはわたし自身のために生きていく。エゴの固まりとして。それは人生に起こるすべてのことの責任を、決していいわけなどしないで黙ってひきうけていくことなのだ。（ばら色の人生？　73/1『いんなあとりっぷ』）

荒涼とした都会の叙情、神経をピリッと緊張させる暗さ、そんな風景に出会うと、どうしようもなく昂奮する。生きるということはすばらしい、と感じる。（ばら色の人生？　73/1『いんなあとりっぷ』）

ひとは陽気に生きなければいけない、と思っている。最近はかなり陽気に、というより、絶対に陽気にやってる。生きていることは楽しい。くだらないことはくだらないからおもしろいし、つまらないこともおもしろいし、おもしろいことはもちろんおもしろい。（……みたいなの　73/9『愛するあなた』）

意識

「意識がめざめた」という安易なことばは、どのようにひっくりかえし、どのように料理しようと、まさに偏見そのものでしかない。すなわち、安易である。（モデルガンを守る会　74/12『現代の眼』）

色気

――色気のある男というものは、いいものだ！　自分を守ることだけに精いっぱいの小市民に比べれば、輝きがあります。（冗談コロコロ、シラミがピョンピョン　73/9『愛するあなた』）

ウソ

「いかにもウソってすきよ。うれしくなっちゃう。わらえる」（ハートに火をつけて　C1-160p）

うたう

――悲しい歌をうたうとき、本当に悲しい顔をしていてはだめなのだ。未熟な人間はすぐに自分をむき出しにしたがる。（踊り狂いて死にゆかん　C6-162p）

うたう際に曲を理解する必要なんてない。いろいろな生活体験があるといい歌い手になれるなんて嘘だ。苦労しなくても娼婦の話をうたえればそれが天才というものだ。その方がいい効果が出る場合が多い。エンターテイナーとして立つつもりなら、体験なんて無色透明でいい。（踊

り狂いて死にゆかん　C6-163p)

浮気

もちろん、浮気はうまくやらなければならない。問題を起こすのがバカなのだ。わかっている女を相手にすれば、男だって追いつめられはしない。それは男のエゴイズムだといっても、女には女のエゴイズムがある。どこかで折りあわなくては、恋の楽しみは苦しみになってしまう。ごくふつうの、まじめな、という男や女は、恋を苦しみたがる。(働く母、未婚の母差別裁判に抗議する会　73/6『現代の眼』)

運命

――運命にはすべて予行演習がある。伏線がはられている。(斎藤耕一における男と女　C7-251p)

一人の人を愛するとか言うけど、それは偶然だよ。そういう気分になってた時に、その相手が現われただけで、それを宿命とか運命とか感じるところからして間違ってる。そこからして

自分を悲劇的なものにしてるわけ。（インタビュー　C8-209p）

永遠

生きているもののすがたはなく、太陽は衰弱していた。それは時間のとまった世界だった。ほんのすこしまえは、破局を告げるサイレンが鳴りひびいていたのに。いや、そんなことは別の世界のできごとかもしれない。彼らがそこに出現したとき、最終戦争はおわっていたのだ。そこは世界のはてであり、時間のはてであった。そのひとと彼女とは、いつまでも死ぬことができないのだ。永遠性を獲得しながらも、ふたりはゆきづまっていた。奇妙な目にみえない輪のなかへ落とされたみたいだ。それは、なんというはるかな記憶だろう！（水の記憶　C4-180p）

――すべてのことは、はじまりでありおわりであり、一瞬のできごとでありながら同時に何十億年のことでもある。はじめとおわりは、いっしょになる。過去も現在も未来もない。それが永遠というものだ。永遠を知ることは、自らの宇宙と神を発見することだ。たいていのひとは、そんなことはかんがえないし、気がつきもしない。（水の記憶　C4-192p）

——永遠と一瞬は、長さがないことによって、計れないことによっておなじである、とわたしはおもうんです。時計の単位としたら一秒でも、永遠のときがあるし。（対談　楳図かずお　C8-64p）

SF

世界をどのように認識するか、がSFである。宇宙船がでてくればSFになる、というわけじゃない。（ノヴェライゼーションを読んでみる　C7-211p）

——要するに、もっとアナーキーになってもいいと思うわけよ、SF作家の知性というのは。（対談　眉村卓　C8-156p）

——現在の社会体制というのは、ある意味で異常なわけでしょう。それを、そう感じないでいる人間が書くSFというのに腹が立つんですよ。（対談　眉村卓　C8-156p）

エネルギー

――すべてを賭けるといっても、その人間のもつ総体としてのエネルギーが問題なのだろう。質、量、ともに。（疑似情熱ゲーム　C5-63p）

エロス

非常に単純な健康的な、疑うことを知らないという女が多すぎる。そんなのは、むしろ動物に近い。エロティシズムを必要とするのは、人間だけであるからだ。裏表のある性格は罪悪だという人がいるかもしれないが、エロスとは本質的に罪につながっているものだ。（冗談コロコロ、シラミがピョンピョン　73/9『愛するあなた』）

男

男好きと宣言し、ひとにもそうおもわれるようにしむけてきた。自分はお山の大将にはなれないと信じてきたから、自我をもってしかるべきであるはずの男性に期待したわけだ。それに帰属することは、すなわち同化することのようにおもわれた。（乾いたヴァイオレンスの街　C5-23p）

わたしは、男たちにたいして期待しなかった。ということは、そのじつ、非常に大きな漠然としたのぞみ、かなえられないとわかっていながら他者に求めているなにかがある、ということだ。(どぎつい男が好き! C6-68p)

男はやさしくてもいいから、心底《しんそこ》はつめたくなくちゃいけません。(鈴木いづみの『あきれたグニャチン・ポルノ旅行』C6-132p)

——1回でも男といっしょに暮らさないとわからないことって、意外と多いような気がする。人生の半分、とまではいわないけど。(手紙 C8-292p)

——男は女よりもデリカシーがあり、それが男女の相違の本質なのだから、繊細な神経のない男なんかそれこそクズもいいところ。女の芸術家がだめなのはその点で、肉体から遊離し、他人をイライラさせるほどの感受性は男の方が優れているに決まっている。(わたしの性的自叙伝 C6-22p)

私は昔から犯罪者的想像力のある男が好きだった。彼は常に危険の感覚を持っているからだ。

この状況が安心しきって生きていられるようなものかどうか、よく考えればわかることだ。はっきりいえば、感受性の鈍い男はまったく耐えられない。自分がそうした点で鈍いせいか、と思う。だが反対に、神経質でイライラしやすいタイプだからかとも思う。むしろ私は、その二つの面を持ちあわせている。まったく異質なものがめぐるしくいりまじって、自分の中でたがいに相容れないのだ。（犯罪者的想像力の男　C7-239p）

わたしは、もてる男というのが、非常に好きだ。どこがどう、といいきれない、へんな魅力があるから。（もてる男　75/5『小説クラブ』）

何にしてもとりつくろったり装ったりする男には、うんざりする。劣等意識か自信過剰のどちらかで、そのような平衡感覚の欠如している相手とは話ができない。わたしが男の子と性交渉をもつのは、もっとよく知りたいためなのだから。思わせぶりはやめようよ。（恋愛嘘ごっこ　73/9『愛するあなた』）

自由な発想のできる感受性の鋭い、そしてちょっときれいな子だったら、ほかには何もいらない。（恋愛嘘ごっこ　73/9『愛するあなた』）

男と女

むかし、地球には、女しかいなかった。平和にくらしていたが、あるひとりの女がいままでとはちがう子供をうんだ。からだつきも奇型だったが、やることなすこと乱暴で、ずさんで、さんざんみんなに迷惑をかけて、子孫をのこして死んでしまった。それが、男族のはじまりだ。

男たちの数は、その後ますますふえつづけた。戦争や、それにつかう道具を発明したのは、おそらく彼らである。もっといけないことは、さまざまな観念をもてあそび、それに熱中して生きることを、彼らはしはじめたのである。革命だとか仕事だとか芸術だとか。そういう形のないものにムダなエネルギーをそそぎこむ。そして彼らはそれこそが男のもっともすばらしい特質だとさえいったのだ。冒険だのロマンだのと、日常生活にはまったく役にたたないことに情熱をもやすことが。男たちというのはおとなであるのに子供で、複雑であるかとおもえば単純で、まったく手におえない生物だった。

女たちにも「愛」というものがあったけれど、それは観念じゃなくて、赤ん坊の泣き声をがまんして、ねむくてもオムツをとりかえてやることだった。たべものをみつけたら、自分が保護している、よわくてちいさい生き物にわけてやることだった。ただし、他人にはやらない。

そんなことをしたら、自分や自分の血族が、生きていけなくなるからだ。男たちの数がふえると、女たちは彼らのひとりひとりにくっついて、監視しなければならなくなった。それは苦労が多い仕事だった。だが、たいていの女たちには、その才能があったらしい。女たちは、家庭をまもった。（女と女の世の中　C4-9p）

——頭のなかはたとえ複雑であっても、単純そのものの行動。それが女にとっての頭のよさだと思う。できたら、男もそうあってほしいものだ。男はいつもよけいな理屈ばかりこねる。それが、この世界を終末寸前にまで、もってきた。ガタガタいわずにやるしかないのに。（女優的エゴ　C5-185p）

男らしさってのは、多分に人工的なものだとおもう。女は、欲望がなくても不感症でも妊娠することは可能だが、男は不能というハンデをしょっている。男らしさの獲得は、女が女であることを獲得するよりも、むずかしい。（ホモにも異常者はいる！　C6-217p）

世の中には、じめついた人間が多いようで、たいてい客観性のなさとむすびついているから、始末におえない。女は鈍感であってもしかたがない。そうでなかったら、妊娠した大きな腹で

街なんかあるけない。だが、これが男となるとまことに困る。（無神経は女の美徳　C7-181p）

——元来、男らしいといわれている性質を女がもつと、非常に女らしくおもえる。迫力のある女は、女らしい。（カル・エルのその後は？　C7-174p）

女の特質といわれている嫉妬深さ、優柔不断あるいは執念深さ、かわいらしさ、やさしさは、男の特質だ。初恋の女をいつまでも熱愛しながら軽蔑を感じているいまの女を抱くのは男で、「一緒になれないなら死ぬ」ぐらいのことをいっておきながら、別のと結婚するとケロッと忘れるのは女の方であるという事実からも、それは明らかだ。（犯罪者的想像力の男　C7-244p）

ある男と性関係があったとしても、その男が女のものになったとは限らない。大部分の女と半数以上の男が、これを誤解している。女はどんなバカな女でも尊敬できない男とは付き合う気がしないものだ。相手に軽蔑を感じたらおしまいである。（冗談コロコロ、シラミがピョンピョン　73/9『愛するあなた』）

娘みたいな気分で男に接するのも、姉とか母親ふうになるのも、どちらもいやだ。サド・マゾに興味がないのは、心理の面で上下関係ができるからだと思う。同い年の感じでいきたい。（恋愛嘘ごっこ　73/9『愛するあなた』）

おとな

私はね、どうしておとなにならなきゃいけないのか、じつは、はっきりわかっていないの。不適応には自分も苦しむから、なのかしら？（手紙　C8-286p）

音楽

音楽は、理屈できくものだ。（変質者になりそう　C7-216p）

――たいていの音楽はきく側をだますようになっている。それは、音楽というもののもともとのしくみだから、しかたがない。やる側にそのような意識はなくても。（疑似情熱ゲーム　C5-75p）

モンスーン性気候のせいか、日本では湿った感受性がはばをきかせている。ニューミュージックだのフリージャズだの（ほかのなんでもいいけど、アーティストを自認してるお方は）自分の魂を売り物にしたり。あんなものは、だれでもみんな一個ずつ持ってるんだから、ことさら商品にしないでほしい。ほかになんにもないのかい、とききたくなる。前面におしだすのはあくまでもテクニックで、魂らしきものはその裏うちをしてる程度でいいのだ。（対談　楳図かずお　C8-59p）

快感原則で生きているタイプの人間は「わかるだろ？　な、わかるだろ？」といわれると、大脳皮質の古い部分が刺激されて、泣けちゃうのだ。ストイックに生きようとしているわたしは、エスよりも超自我の領域を強固にして、泣きおとしにはひっかかるまい、と決心している。北一輝なんか、エスの衝動だけで生きてたんじゃないのかね？　フリー・ジャズって、だからいやなのね。テクニックがあるなしにかかわらず、魂をゆさぶろうと意図してるらしいところが、卑しく感じられる。なにが売りかというのが、問題なのだ。（ノヴェライゼーションを読んでみる　C7-212p）

——たとえば「イヤリング」とうたえば、耳たぶを指でつかむ、といった感じ。あれだけはやめてほしい。世良公則も、ちょっとそういう傾向がある。（変質者になりそう　C7-218p）

――歌手が売れる条件は、一に曲、二に本人の性的魅力だとおもうんだけど。（対談　ビートたけし　C8-13p）

うたわれることのない歌が、たくさんある。部屋にいても友だちにあっていても、その空間に死んだ子の魂のように、うたわれることのない歌が無数にひしめいている。才能があればすぐにメロディーが流れ出すだろうが、うたいたいのにうたえないから胸がつまって苦しくなる。（踊り狂いて死にゆかん　C6-167p）

女

女は率直すぎる。口ではなにもいわなくても、女の顔は彼女の生活を露出する。だから、わたしは女優が好きなのだ。（女優的エゴ　C5-184p）

女らしい女には、たいていの場合、理解力がない。それよりもっと他人のなかへ侵入できるものがそなわっている。それを洞察力といってしまっては、男たちの知性（らしきもの）への

冒涜かもしれない。つまり、一種のＥＳＰ《エスプ》なのだ。（女優的エゴ　C5-185p）

総じて不幸な女は、美しくはない。美しく不幸な女という観念は、思春期の少年少女や通俗メロドラマのなかにしか、存在しない。不幸は女をきたならしくする。それでもなおのこっているものがあるとすれば、それは外的な美をのりこえたなにものかである。

どんな境地におちいっても、幸福をもとめる姿勢といってもいい。毒と知りつつ不幸のなかに身をしずめ、なおかつ幸福をもとめずにはいられないエゴである。（女優的エゴ　C5-189p）

――女に固有の思考方式もきらいである。女が女である部分は、その肉体だけで充分すぎる。頭脳まで女っぽい必要はない。女っぽい女の思考における基本的呪文は「こんなにあなたを愛しているのに」。たまったもんじゃないよ。愛された方は。（こんなにあなたを愛しているのに　73/9『愛するあなた』）

しかしまあ、情緒にながされる人間は、じつに多い。映画をみて泣くやつがきらいだし、他人の結婚式に感激して泣くような女もきらい。頭のなかの制御装置がこわれている、としかおもえない。

支配的におしつけがましいくせに、あたしはクールだから他人には無関心なのという女、クロワッサン路線で生きていて「彼とわかれて成長したわたし」なんていう女は、みんなきらい。男ひとりとわかれたぐらいで、成長なんかするか！　愛とは結婚とは自立とは、といいだす女は、その場にはりたおしてやりたい。

たとえば殺されたときに「近所でも評判のしっかり者」といわれるような未婚の女がきらい。ひとのせわをやくことによろこびを感じる女がきらい。「彼って、ひとりじゃなんにもできないのよ。靴下まであたしがはかせてあげるの」と得意がってるような女だ。（怒り狂う毎日　C7-201p）

女の頭のよさには限界があって、個性のわく組みをこえられないもんなのだ。たいていの子は、明快さをめざすから。客観性とか自我を獲得したって、個人というりんかくのなかに閉じこめられてしまう。その世界とのさかいめがはっきりしない、よどんだような霧みたいなあいまいもことした知性、をもった女は、めったにいない。それをやると、変態になる。（変質者になりそう　C7-220p）

女が存在感にあふれていてなおかつ低俗ではないのは、低俗という観念すら形成できないのが、その本質だからである。これは別に悪口ではない。（なんたるシリアス路線　73/9『愛するあなた』）

書く

ことばを選択するには、検閲制度とか、意識の操作がかなり行なわれている。絶望の文学などといっても、書いているうちはまともなのだ。知的な操作ができる程度の健全さを持ちあわせなくてはならない。まともでなくなったとき、ことばは力を失う。

ことばが世界だ。自分自身からいったん離れて対象をみつめなおす冷静さがないと、ことばを扱うことはできない。わたしには、ことばの世界、意識が明瞭である世界に生きていたい、という願望がある。わけがわからなくはなりたくない。（踊り狂いて死にゆかん　C6-168p）

ものを書くということの不潔さといじましさに、いやけがさしている。深夜ひとりで机に向かいシコシコ書いていると、憂鬱が風のない日にデパートの屋上から見えるスモッグのように拡がる。このようにことばをうじうじとつっついて何になるだろうと思いはじめ、「ことばが眠るとき、かの世界がめざめる」ではないが、我々に必要なのはことばじゃなくて暴力であると感じたりするのだ。（彼らにとっての演劇　70/10　話の特集）

原稿を書くという作業は、ことばがまったく肉体とかかわらないために、大江健三郎ではないが、真の経験とはなりえないのではないか、と思ってしまう。〈彼らにとっての演劇　70/10『話の特集』〉

「たとえば、男でも……男でも女でもそうだけど、理屈を言う場合にね、どのように理屈を言わないように理屈を言うかが問題でしょう。情念とか、観念とか、最低でしょ。だから、そんなのをみせないで何かを言うというのが大事なのよ……その技術こそが問題じゃない」〈でらしね談義　萩原朔美×鈴木いづみ×岳　真也　うれしさでいっぱいです。〈感覚と表現〉73/10『蒼い共和国』〉

書いていく過程にしか、おもしろさを感じない。わたしにとっての文章は、すべて瞬間として通り過ぎていきます。〈そして、いまは……　――あとがきにかえて――　73/9『愛するあなた』〉

過去

わたしは、自分には過去がない、とおもっている。二十歳以前、というのがまるでなかったような気がする。そのころの記憶はあるのだが、感情をともなってこない。感情があったとしても、感情そのもののなまなましさはなく「あのとき、ああ感じたのだ」という、記憶でしかない。わたしの十代は、貧しくこっけいだった。わたしの十代には、輝かしいもの、ほろ苦いもの、ひりつくようなものがなかった。（あらかじめうしなわれた「青春」のすがた　C7-38p）

学校

だいたい私は学校が好きじゃない。子供のころから、学校が楽しいと思ったことなんて、一度もない。そこには疎外しかなかった。私にはわけのわからないことばをしゃべるチビ共でいっぱいの、呪われた場所でしかなかった。子供の私にとって仲間はずれの意識は非常に苦痛だった。希望いっぱい、楽しそうにやっている連中は、いつでも別種に感じられた。（犯罪者的想像力の男　C7-243p）

家庭

家庭というものは体制そのものである。秩序と協調性なくしては維持できない。現体制を崩壊させようと思うのなら、ひとつひとつの家庭をつぶしていけばいいわけだ。（なんたるシリアス路線　73/9『愛するあなた』）

歌謡曲

歌謡曲がきらいなのは、泥くさいとか押しつけがましいとか理由はいろいろあるが、何より音がみえないからいやなのだ。聞くたびにちがう、ということがない。音がひとつひとつ分解して自分がその中で浮遊し、一種の恍惚状態に達するということができない。どんなつまらないロックナンバーでも、リードギターとサイドとを聞き分けることはできる。実際に演奏がやかましくつづいていても、リードだけを聞いていればその最中に二秒ほどの空白を感じることだってできる。それは妙な不安を抱かせるのだ。

歌謡曲にはその種の不安がない。リリシズムがない、ということだ。歌謡曲は、涙、港、女のため息で迫って、いかにもぬれているように思えるが、そのことばのひとつひとつは何ら具体性を持っていない。その背後にひろがる個人的体験の象徴でしかない。抽象的だからこそ、聞く方が自分の体験にひきつけておくことができる。普遍性があって開かれすぎている。普遍性であるがゆえに、あまり深く入りこんでこない。いつもいつも、同じ受けとり方しかできない。誰にでも体験できるのが、歌謡曲だと思う。（踊り狂いて死にゆかん　C6-160p）

感覚

「わたしは、人生を愛しすぎている」と、よく友人にいう。もしかしたら、全然愛していないのかもしれないのに。何が大切であるか、何に対して欲望を感じるのかハッキリわからない人に、人生が愛せるはずはない。

だから、生きがいと訊かれても、答えられはしないのだ。わたしが人生において愛するものは、感覚だけなのである。（ばら色の人生？　73/1『いんなあとりっぷ』）

感受性

――感受性が鋭くてしかも元気でいる、というのはむずかしいもんだね。（手紙　C8-243p）

感情

私は感情におぼれないけど、感情のボルテージは非常に高い人間（手紙　C8-246p）

いまの世の中だと、何かにつけて過剰はダサイと思われているけど（たとえば感情エネルギーの少ないほうが、対人関係で得であるというような）、それは、マチガイだと思う。感情はとても大切なもので、理性が気づく前に（データがそろう前に）インチキやマヤカシを見抜く力がある。（手紙　C8-277p）

「本気」と「勉強」すなわち、「気分」と「雰囲気（状況）」ではなく「意志」と「感情」において、何事かを選択したい。（手紙　C8-278p）

わたしは気がよわくてまじめなひとだからどのような形であれきまじめな人間がすきである。そして自分の価値基準は、すききらいとそのグラディエーションしかないのを知っている。自分には「意志」というものがなく、それらしくみえるものはすべて「感情」のボルテージのたかいものだ、ということも。だから価値観などと高尚ぶっても、感情でしかない。感情は「気分」とはまたちがって、持続していくものだ。（衝動を軽蔑するカボチャ頭　75/6『婦人公論』）

記憶

――人間というものはおそろしいことはすぐにわすれてしまうようにできている。（いつだってティータイム　C5-7p）

――記憶というものは増幅され美化されるものなのだ。（時と共に去りぬ　C7-123p）

――記憶していなければ、なかったこととおなじなのだ。ひとはだれでも、あとになってから自分の物語をつくる。（「気持ちがいいかわるいか」考える必要はないのだ　C6-55p）

奇人

孤独に耐えうる肉体の持ち主でないと、奇人として存在できないのではないか？（幻の影を慕いて　73/9『愛するあなた』）

気ちがい

「世のなかのひとって、ほとんど全員が気ちがいなのに、本人もまわりも気がついてない。よ

くみると、おかしいのがいっぱい、いるのに。モノクルオシイようなのが」（対談　楳図かずお　C8-60p）

救済

「そんなこと、できないわ。だいたい、ひとがひとを救うなんてこと、決してできやしないのよ。二十五にもなって、そんなことがわからないの？」（『タッチ』256p）

教育

——わたしたちは、周囲が期待し強制する、わたしたちがもつべきである「ある種の気分」なり「感情」なりを、自分のものであると錯覚すべく、訓練をうけてきた。それが教育というものだ。他人の不幸には同情し、パーティーではうきうきするように、しつけられてきた。（乾いたヴァイオレンスの街　C5-37p）

狂気

――風や光や温度に、半年ちかく気がつかなかった、と思う。気が狂っていて。（ハートに火をつけて　C1-227p）

わたしはいま気が狂っている。本人がいうのだから、まちがいはない。（超能力か精神異常か？　C7-127p）

あたしは気が狂う。あたしは生きてるのがこわい。思いつめた自分を、なんと知性で救おうとして、わたしは図書館へ通った。いま思えばくだらないが、ほかに方法もなかった。（……みたいなの　73/9『愛するあなた』）

郷愁

郷愁とは、でっちあげである。（ひとつの幻想のおわり　C5-171p）

恐怖

——自分が肉体的に傷つけられることへの恐怖はすさまじいものだ。体制が組織が、といってもあいまいな恐怖にすぎない。（乾いたヴァイオレンスの街　C5-36p）

おそろしいものは、目のまえのナイフだ。直接の暴力、生命の危機ほど、恐怖心をよびおこすものはない。（乾いたヴァイオレンスの街　C5-19p）

言葉をもたないというか、からだでしか表現できない恐怖感というのはすごいと思う。（しらけたッ！　対談　嵐山光三郎　73/9『現代の眼』）

教養

わたしは、教養のない人間が大きらいだが、それは料理とセックスにあらわれる。このふたつがへたな男や女はダメだと思っている。（本を読まないこと　73『終末から』創刊号）

クスリ

クスリはやめよう。
わたしはかるく決定した。（ハートに火をつけて　C1-30p）

酒呑みはきらいだ、とわたしはかんがえた。ベタベタしてるから。みんなといっしょに飲んでコミュニケーションを活発にするのがアルコールだから。ひとと気軽にはなすのが、それほど大切なことだとも思えないし。

なぜわたしがクスリがすきかというと――ケミカルだからだ。人工的なウソっぽい陶酔の世界だから。ひんやりと酔うから。（ハートに火をつけて　C1-36p）

クスリなんて、ガキのやるものよ。強姦、まわし、けんか、万引き、その他もろもろの不良行為とおなじく。ただし、プロはそのかぎりではない。（好きと決める　C5-175p）

このような時代をしらふで生きていくことはむずかしい。だが完全に酔ってしまうこともできない。だったら、酔ったふりをすることしかできないだろう。やがて忘れられるはずの歌でも口ずさんで。

ままよ、この世は地獄。その最後の日まで、われらみな、踊り狂いて、踊り狂いて死にゆかん。（踊り狂いて死にゆかん　C6-174p）

――たとえば「……だから、好きになる」のではなく「なんの理由もなく、好きと決める」ほうがいい。それとおなじように、クスリによってうごかされるのが気持がわるい。（好きと決める　C5-182p）

――クスリは遊び好きの男の子みたいに、やさしくてひどくつめたい。一夜をともにすごし、もう何事もこわがらなくてもいいんだ、と思わせてくれる。少しもこわくない。痛みもない。それどころか気持ちがいい。

浮遊している。おそろしい世界と自分との間に、透明ビニールの厚い壁がある。それはやわらかくあたたかく、外界からの刺激を夢の中のできごとみたいに二秒おくれでつたえてくれる。自分が何をしているか理解するのにも二秒はかかる。みじめさは色あせる。芝居の登場人物みたいな気分になる。

いつもなんにも変わりはしない。

クスリはまだいくらか神経に残っている。やさしくてつめたい男の子が去ってしまったときみたいに、かなり長い間ぼんやりしている。ネルソン・オルグレンは『朝はもう来ない』を書いたが、もし本当にそうなら精神病院から出て死ぬやつも減るだろう。

朝はいつだって正確に苛烈にやってくる。夜だけがつづくなら、自分が見たい物だけに光をあて、白い錠剤をのんで、はじまったとたんクライマックスで、それが延々つづきいつ終るとも知れない、そんな音楽を聞いていればいい。

いつもクライマックスなのだ。それがあまり長くつづくので、痛みも何も感じなくなってくる。（ああッ！ C6-104p）

経験

どんな行為も経験とならなければ、過去（それがたとえ一時間まえでも）の重みをもたない。
（女の浮気術 バレない浮気なんて、つまらない！ 74/4/27『女性自身』）

芸術

——芸術とは「美を追求しながら永遠性をめざす」ものだと思う。（手紙 C8-258p）

芸術家

――ゲイジツカは、本来はエゴイスティックなものです。(うわさのあの子 C7-278p)

本気でそう思うわけよ。アーティストというのは、この現実世界のルールで生きてるわけじゃないんだから。自らの想像世界に忠実なほど、より才能が発揮されるのだから。(手紙 C8-259p)

しかし、多くの独創的人物(芸術家とかそういうのではなくても、いるでしょう)に共通することは、何かの過剰だということです。(手紙 C8-276p)

軽薄

あたしの日常は、軽薄そのものだ。いかにも嘘だらけで、じゅうぶんに幸福だった。だって悲しいことしかないとわかったら、笑うしかないじゃない。

眠りの内ではいつも悪夢にうなされたが、そのくらいのことに屈服するあたしじゃない。夢のどろどろした部分をふり捨てて、クスリを飲まなくても飲んでいるような状態でいることができた。

軽薄こそは、われわれが最後に目ざすものだ。（あまいお話　C6-26p）

——相手が場数《ばかず》をふんできていてわかってる人間なら、いくら悪ふざけをしても決して「軽薄で中身がない」などとは思わないものだ。まだいくらか本心がちらっとのぞくようでは、彼の修業はたりない。（踊り狂いて死にゆかん　C6-172p）

軽蔑

まず、頭がいいこと。これは大事な問題で、というのも女の子というものは、どんな女の子でも、自分が尊敬できない男とはまじめにつきあおうという気をもちあわせていないから。この点、女は残酷である。女が男をいやになるとき、それは軽蔑というかたちであらわれる。（もてる男　75/5『小説クラブ』）

結婚

結婚という形の別れもある（『いづみの残酷メルヘン』66p）

たいていの未婚の女は、愛を夢見て、結婚したがっている。結婚して、いまより事態が悪くなるだろうとは考えない。誰だって、決して！　悪くなったら取り消せばいいんだし、腕次第では気楽にやれる。（花咲く丘に涙して　C6-43p）

結婚相手の条件として「空気みたいなひと」というひとがいるが、わたしはそれが耐えられないのである。どんなに善良でも、自分の内奥にはいりこんでくるような感受性をもっている相手でないと、イライラするのだ。それは「心の中に土足で踏みこんでくる」のとはちがう。わたしの心はそんなにやわなものじゃない。勝手を知らない迷路に踏みこんでなんかこれるわけないじゃないか。

ほんとうは踏みこんできてほしい。だが、それもおそろしい。そしてたいていの男は、踏みこんでなんかこれなかった。

わたしは、じゃまにならない相手とながくいると、その空気みたいな存在に、イライラして

くる。結婚して、よけいに淋しくなるのはいやなものだ、とおもってしまう。（どぎつい男が好き！　C6-67p）

欠落感

――この世に安心できる場所など、どこにもないのだ。自分にはおそらくなにかが欠けているのだろう。ほかのひとたちがもっていて、もっていることが当然であるようななにかが。（水の記憶　C4-187p）

原風景

どこか非現実な感じのする風景が、自分の回帰する場所だという気がする。ギラギラと無慈悲にひかる巨大なドーム型の空のまんなかに、動かない太陽がはりついている。それはチーズのようでもあるし、目玉のようでもある。その太陽にみつめられてひとびとはアリとなって意味もなく地面をはいずりまわる。とおくから破局をつげるサイレンがきこえる。

小学生のとき、空を半球型にえがいていた。ほかの子供は地面と空とを平行にかいていたのに。

空が半球型である、という思考形態は原始人のものだ、とだれかがいった。（ふしぎな風景　C5-252p）

現象

インチキだからみないとか、やらない、という発想はもっていない。それが真理であるか否か、よりもどうしてそんな現象がおこったか、のほうに興味がある。（だれもが変態になっている　C5-151p）

このごろは、少しはなれて、すべてを現象として見るようになった。すると、現象としての面白さは、言葉で表現される以前のものにしかないです。文章というものは、すべて整理整頓の結果であるからですね。（しらけたッ！　対談　嵐山光三郎　73/9『現代の眼』）

幻想

消え去った幻想を、わたしは追い求めている。美しかったり、ハデだったり、カッコよかったり、おもしろかったり、気持ちよかったりしたら、とにかくなんでもいい。マガイモノだろうが、なんだろうが。（ハートに火をつけて　C1-29p）

——自分や風景にたいしてだけではなく他人に幻想をもつことができないのは、非常にさびしい、つらいことなのだ。（公園はストリート　C5-110p）

はじめっからなにもなかったのかもしれない。「あった」というのはひとつの幻想である可能性がつよい。（……うしなってきたもの　C5-144p）

——幻想とはある特定の人物やことがらにたいして抱く、訂正することのできない大きな錯誤であり誤解である。幻想をもつことのできる人間、それを信じきることのできる人間は、だから幸福なのだ。

わたしは、幻想をもつことすらできない。では、疲れきってしまったときは、どうしたらいいのだろう。（ふしぎな風景　C5-260p）

だが、幻想もまた現実の一部だ。（幻の影を慕いて　73/9『愛するあなた』）

恋

思春期のわたしは「恋とは性欲の対象の固定化でしかない」とおもっていた。それはさまざまな偶然——相手の美貌、性的魅力、雰囲気、設定としての劇的状況と危機、あるいは危機感。これは、いまでもかわらない。恋というものは偶然に支配されている。ほれぼれするような美貌なんて、努力によって得られたものではなく、宝クジにあたったようなものだ。（メロドラマ？もちろん好きよ　C7:49p）

——恋愛はくせで、なんとかなおしたい。別に、恋がよくないとはいってないけど、つねにしてるってことは、つねに病気というのと同じだから。（手紙　C8:274p）

両方とも幻滅を経験していて「わかってしまった時点」からはじまる恋愛がロマネスクなわたしの夢。（冗談コロコロ、シラミがピョンピョン　73/9『愛するあなた』）

「失恋しても、空はきれいね」（『タッチ』 313p）

後悔

——人生に満足してないのだ。いや、このいいかたは正確じゃない。〈彼女〉は、自分の過去を、なかば恨みつつ、執着せずにはいられないのだ。なにもなかった、なにもしなかったことの後悔を、くりかえして味わっているのだ。（ユー・メイ・ドリーム C4-251p）

幸福

——わたしは不幸がすきではない。だが厚顔無恥な「幸福」は大きらいだ。（幻想の内灘 C5-201p）

——貪欲なわたしとしては『スプーン一杯のしあわせ』なんか、ほしくない。そんなものは、ないほうがいい。できたら「太平洋いっぱいのしあわせ」ぐらいがほしい。そうでなかったら、不幸のどん底がいい。個人的なちいさな世界しか手にいれられないのだとしたら「ヴァージニア・ウルフって、やっぱりこわいわ」くらいの生活をのぞむ。（もっと夢中になれる青春映画ってないのかしら!?　C7-111p）

——エロスではないものによって、「他人」に深く関わろうとする者は、幸福など求めてはいないのだ。（「他人」の幻影　あるいは幸福論　C6-89p）

人はみんな幸福になりたがる。とうていなり得ないと思ったら、今度はメロドラマティックに生きたいと願うようになる。どちらにしても、自分のみにくさを知るのは、いやなことだ。不幸であっても美しいという人物は、メロドラマの中にしか存在しないのだ。（斉藤耕一における男と女　C7-254p）

おねがいです。どなたか、わたしをわかってください。わかってくだされば、それだけで幸福になれます。（わらいの感覚　C5-214p）

——男は女を幸福にしてやることなんか、できはしないのだ。男は、だから、なるべく幸福そうな女を選ぶのがいい。ものごとを深く考えず、自分本位で、罪悪感など決してもたないような女を。（冗談コロコロ、シラミがピョンピョン　73/9『愛するあなた』）

だれでもごくわかいころは、くだらないことをするものだが、そんなトム・ソーヤー的要素はしだいにうしなわれていく。わたしも気分のいい朝などなんの理由もなく気ちがいじみた幸福感につつまれることがあるが、そんなとき道をあるいているとだれがみていようがかまわずに踊りだしたりしたことがある。だしものは「雨にうたえば」で、うたいながら手をふりまわして、タップ（のような動作）をやる。たのしくやりたいときに、そういったおかしなふるまいがでてくる。子供じみているのかもしれないが、本人はうれしくてたまらないのだから、どうしようもない。いわば一種のいたずらのようなものだ。（ディーン、あなたといっしょなら　C7-110p）

孤独

――私は誰の助けも借りずに、私自身の「孤独」を充実させる以外に、手はないのだ。私は犬みたいにがんばらなければならない。（喪失感の中で　C6-101p）

ずいぶんむかしから、彼女はひとりだった。いつだってひとりだった。ひとりでねむり、ひ

とりで目ざめ、ひとりでぼんやりしていた。（水の記憶　C4-176p）

自分がどこにも属さない人間である、と感じるときがある。この世界にたったひとりで、夜の底にはだしで立っているような。そんなときに何かすがるもの、昔の思い出のひとつでもあれば、気が狂わなくてもすむだろう。プルーストはマドレーヌというお菓子の香をかぐと昔にかえったらしいが、それは「失われた時」がはじめに存在していたからだ。（踊り狂いて死にゆかん　C6-168p）

――帰っていくおうちがない。生きていても死んでいても、誰も気にかけやしない。（踊り狂いて死にゆかん　C6-168p）

女も孤独に生きられる。子供を持つ持たないは別にして。そして、男も。（自らの中で完結する行為　C7-264p）

私は、ひとりで解放感にひたっている。つくづく感じることは「ひとりでいるのがいちばん好き」ということ。（手紙　C8-273p）

誰も自分が何をしているか知ってはいない、と思う。いまこんなふうにひとりでいて、不意に死んだら誰も気がつかないだろう。以前頭がおかしかったとき、わたしは、眠っている間に誰も知らないうちに自分は死ぬのではないか、と思った。それで眠れなかった。（火星における一共和国の可能性　73/9『愛するあなた』）

子供

「だから、いまの子供はこらえ性がないとか、なにをしていけないのかわかってない、とか批判のマトになったりしますけど、あれはおとながいけないんで。テレビなんか見せるから。レールに石置いたら、おもしろかんべえって、すぐに石を置いたり。現実と虚構の境めがなくなってるんだ、とおもうんですよ。あれは子供の責任というより、すべてがニセモノ的な世の中だから、自分が実際に行為してるかどうかさえ、わかってないんじゃないか、という……」（対談　楳図かずお　C8-63p）

「子供を産み育てることは、この世のどんな創造行為よりずっと偉大なことだ」なんて、よくいうじゃん、腹たつわけよ。だって、バカがバカを再生産してるだけじゃないか。カネと手間ひまかけて。（鈴木いづみの甦える勤労感謝感激5　SFをさがして　80/11『ウイークエンドスーパー』）

——奇妙なほどに自分の子供をほしがっていた。だが現実の子供は頭のなかでかんがえていたものとはちがって「他人」だった。（うしなってきたもの……　C5-145p）

媚びる

他人に（大ゲサにいえば社会にだ）受け容れられるために、媚びることに耐えられないのだ。

（犯罪者的想像力の男　C7-244p）

サービス

——全部がポーズのようでもあり、本気のようでもあり、どっちでもいいわけよ。いろんな態度するけど、結局サービスみたい。（ユー・メイ・ドリーム　C4-260p）

才能

「ひとは、自分のもっているものしか、もっていないのだ」（あとがき　C5-262p）

――才能がないといわれても平気なのは、ない才能は努力によっても得られない、とおもうからだ。（だれもが変態になっている　C5-159p）

だいたい、なにかを習得するのに、他人にカネはらって教えてもらう、なんて、わたしはいやでたまらない。独学でモノにするくらいでなければ、才能なんてない、とおもっている。（夢みるシャンソン人形　C6-279p）

感覚的なことって、ちっともよくないと思うよ。私は洗練っていうか、なるたけ自然から離れた、動物的なものから離れた才能みたいなものは認めるけど、動物的な意味での才能というのはそんなに認めたくない。（インタビュー　C8-209p）

「それと、私、才能っていうの判らないわけ……というのは、今の世の中で才能あるって言われるのはね、音楽やるにしても映画やるにしても、モノ書きにしてもさ、その分野の才能そのものよりも、むしろ政治的な才能に富んだ人なんじゃない？　政治的にね、巧い人なんだよ……現代で才能のある人というのは」（でらしね談義　萩原朔美×鈴木いづみ×岳　真也　うれしさでいっぱいです。〈感覚と表現〉　73/10『蒼い共和国』）

刺す

目ざめると夕方で、重苦しい気分はまだつづいている。彼はぼんやりした頭で、もう自分には何もできないんだから、人を刺すぐらいのことはしなければならないと考え、そう考えたことに衝撃を受ける。

人を刺す。そうだ、それ以外にない。ジニと寝たってそれが充分いいとは保証できないだろう。

彼はナイフを買いに行く。赤い柄のついた果物ナイフを手に入れ、部屋のすみでクマの縫いぐるみを刺しつづける。（九月の子供たち　C2-186p）

挫折

「あなたは挫折したことがないから、そんなふうにお気楽なんだ」

ずっとむかし、ある男に決めつけられた。デリカシーがないと非難されてひらきなおれるほどデリカシーがないことはなかったので、わたしはひどく傷つけられた。当時十七歳で、「挫折」ということばは知っていたが、実際、体験したことはなかったからだ。その後、たくさんの友人がたやすく「挫折」するのをみた。ダメになってくると、はじめのうちは痛みを感じるが、すぐになれてしまうらしいのだ。おちつづけていくあいだじゅう、はじめにもっていた価値観なり世界観なりを保持するのは、むずかしい。しかも、底なしときている。

わたしを非難したご当人は、どうやらそののちも、ずっと「挫折」しつづけたみたいだ。あまりに簡単にギヴ・アップするのをみつづけると、ありがたみもなくなる。彼は自己正当化のために、そのときどきの理屈を急遽製造しつづけた。夢中になって人生を計算しようとあせっていたが、生まれつき計算だかくはなかったのがあわれだ。彼の「挫折」とは「やる」といったことを、自分がやらなかったことをさすようなのだ。いくら同情してみようとしても、それでは彼が「キャイン、キャイン」としっぽをまいて逃げだす図、としかおもえない。（乾いたヴァイオレンスの街　C5-33p）

ひとは、たやすく挫折など、するべきではないのだ。挫折してはいけないのだ。社会や組織に負ける、といういいかたがある。負けたと実感できるのは、最初のうちだけだ。わすれることはできないにしても、正当化のためのいいのがれはいくらでもできる。そのうち、自分のいいわけを信じるようになってくる。（乾いたヴァイオレンスの街　C5-34p）

差別

でも普通、安っぽいヒューマニズムでいくと、人間に貴賎はないと言うでしょう。絶対にあるんだよ。下らない人間っていうのと、魅力のある人間と、ない人間と……。人はみんな違うんだから、それは当然なんだから……。（インタビュー　C8-212p）

死

――女の子が去ったくらいで死ぬ、ということもありうるが、そのためだけに死ぬということはありえない。もし死ぬとしたら、彼は自身の暗闇のために死ぬのであって、女の子のためにではない。（いつだってティータイム　C5-18p）

——あたりまえだが、時間は死にむかっておそろしいはやさでおちていくのだ。一瞬一瞬は、回復不能なのだ。とりかえしのつかないことの連続の、そのまっただなかに投げだされているのに、ふだんはだれも気づかない。（乾いたヴァイオレンスの街　C5-36p）

——死をおそれず、なんて不可能だ。わたしは死ぬのがこわい。死にたくない。死をおそれず、ではなく「死をおそれつつ闘う」のではないだろうか、と愚考する。暴力はいつだっておそろしい。ある暴力的な行為を「ばかばかしい」とかたづけるのは簡単だ。だが、そういうひとはどんな方法で、この世界にたいする恐怖心をのりこえているのだろうか。（乾いたヴァイオレンスの街　C5-38p）

老衰したい。ジタバタみぐるしくあばれて「死にたくない」とわめきつつ死にたい。老衰死のまえに、ぜひともエロティックな本をかいてみたい。そのときには、待望の色情狂になっているかもしれないし。（わらいの感覚　C5-211p）

生きている者はどうしても死者にかなわないところがある。死んでしまった者は、あとにの

こされた人びとのなかである種の永遠性を獲得する。（ディーン、あなたといっしょなら　C7-109p）

死ぬという、そのこと自体は、じつにあっけないものだ。その現場にたちあえば、他人がおもうほどすごいことでないのは、すぐわかる。ひとは簡単に死ぬのだ。だれかの死がおもい意味をもつのは、その不在によってである。不在によって、死ははじまる。（もっと夢中になれる青春映画ってないのかしら　C7-117p）

自意識

私は客観性ということに神経質になった。思春期特有の、自分を大げさに考えるあの自意識が、大きらいだ。だが、ひとりよがりになりたくないという思いの極端さは、自意識過剰の裏返しでもある。（「他人」の幻影　あるいは幸福論――マリイは待っている　71/3『現代詩手帖』）

時間

「ねえ、すごくはやく年とった気がしない？　もはや、老女みたいな気が」

わたしは、身をのりだした。この感覚は、自分だけのものなのか。時代が持っているのか。（ハートに火をつけて C1-27p）

「人間のいないとこに、時間はないとおもうんだ。必要があったから、ひとは時間という観念をつくったんだ。ものごとのならべかたの順序としてさ」

「じゃあ、歴史はどうなるの？　あたしたち、正しい歴史をさがしてるのよ。人類はいつ、どんな方法でここへやってきたかってことを。やってきてから、どんなことが起こったか、知りたくないの？」

「このごろ、なんだか、そういうことに興味がなくなってきたんだよ。どうでもいいじゃないか、って気がしてきた」

「おまえ、それは危険な思想だぞ」（夜のピクニック C3-276p）

――「時間はながれて、地球はいくつもの歴史をもって、おとろえていく。それだけだ」（女と女の世の中 C4-25p）

「……ほとんどの人間は、まったく意に介さず、しっかりと固有の時間をもってる。所有してる。なんてすごいぜいたくなんだ、とそのときのぼくはおもった。時間をうしなうってことは、世界をもうしなうことだ。世界と自身が、同時に崩壊する。

きみをみてると、時間を内包してる感じがする。きみのなかに、すべてのものごとの、はじまりとおわりがある。だから、安心するんだな、おれは。そばにいると」（ペパーミント・ラブ・ストーリィ　C3-352p）

――いまだに十八歳の、あの気分でいる。百歳になったって、十八でいられる。（『いづみの残酷メルヘン』　203p）

自己喪失

さびしいというのも、たまらないだろう。わたしはだれかといっしょにいてさびしい、と感じるのがいちばん耐えられない。だが、それにも疲労してしまって、もうなにも感じなくなるときがくるのではないだろうか。それこそ、自分に裏切られるときなのだ。自己というものを見失うときなのだ。（ふしぎな風景　C5-259p）

仕事

仕事熱心なのは、仕事をする以外のことを考えつかないからだ。ほかに能がなかったら、仕事に生きるより仕方がない！（花咲く丘に涙して　C6-44p）

「才能だけじゃ、仕事はできないのよ。その人間の全生命力をかけなくっちゃ。情熱のボルテージよ」（『いづみの残酷メルヘン』　196p）

自己破壊

ひどいことをされると死にたくなる、のはそれによってうちひしがれるからではない。力をうしなったからではない。憎悪のエネルギーがたまり、それを外部へむけることが困難であったからだ。なにものかへぶつけると、そのしかえしがこわい。はねかえってくるものを、もちこたえることができない。自分の感情に、責任をもてない、ということだ。自己を破壊するかぎりにおいては、だれも文句をいわない。（乾いたヴァイオレンスの街　C5-22p）

不健康になりたい欲求がどこかにある。（幻の影を慕いて　73/9『愛するあなた』）

自己不確実感

自己不確実感は、絶えず私の中に増殖しつづけるガンのようなものだ。顔を洗うのにどのくらいの時間をかけていいのか、ということまでがあいまいになってしまう。私の日常は、分裂症的なその疑問のうちに、少しずつくずれていく。（喪失感の中で　C6-101p）

自殺

――物書きが自殺したりするじゃない。あれはカッとなって自殺するわけじゃないと思うわけ。すごい冷静になって死ぬんじゃないかという気がする。

もう全部虚しいとか、生きていてもしようがないとか言って、非常に冷静な眼で見ているような気がするのよ。（インタビュー　C8-204p）

視線

「そうなのよ。とにかく、世界じゅうの男の視線をあつめるべく、出発したの。ある朝、目がさめたときからね」（『いづみの残酷メルヘン』 291p）

絶えず見られているという意識をもつはずの、ロマンチックな年齢から、わたしは急速に遠ざかりつつある。百年も生きたような気がしている。もう、見られる側から見る側へと、まわってしまったのだ。そしてそれは、いかに自分をごまかすか、の問題でしかない。（幻の影を慕いて 73/9『愛するあなた』）

時代

時代のせいにするのは、やさしい。実際、六〇年代より七〇年代のほうが、一口でいえば「時代が悪くなっている」のだし、これからはますますきびしい状況になるだろう。政治がわるい、などと簡単明瞭にいえない、大きな何物かが、わたしたちにおおいかぶさってくるにちがいない。それらのものは、テレビや雑誌や新聞やファッションという形をとって「家庭」にはいりこみ、そこで根をおろすだろう。目にみえる敵ではなく、むしろあまい誘惑として映るさまざ

まなものが、わたしの価値観をかえ、支配するだろう。そんな気がしてならない。（幻想の内灘　C5-193p）

七〇年代には、心情が過度に評価された。退屈な一〇年だった。わたしとしては、思い出したくもない。（書評　C8-339p）

じっと待ち、ただ忍ぶのみ、にもあきあきした。いくら耐えていても、時代はどのように悪いかによってちがうだけなのだ。（これぞ男の生きる道　74/3『太陽』）

嫉妬

――人間がもちうる感情のなかでいちばん強烈なものは、嫉妬である。それには、他のすべての感情が集約されている。愛情、憎悪、羨望、憧憬、同一化の欲求……その他もろもろが。（きのうはきのう、あしたはあした　C5-222p）

社会的存在

社会的存在というものは、すべて建前と本音とをあわせてもっている。（働く母、未婚の母差別裁判に抗議する会　73/6『現代の眼』）

自由

「わたしのまえにだれも立つな」といいたいのだ。（『いづみの残酷メルヘン』157p）

やりたいことをやればいい、とわたしはいった。走ったあとでかんがえたって、かまわないのだから。（オノ・ヨーコとキャロル　C6-180p）

この世界とおなじように、自分の心が動かなくなってくるのがわかった。以前からそうだった。昼間でも。感情がまったく止まってしまうときがあった。そんなときは、なにも感じない。ひと殺しでもなんでもできる、という気がした。年に一度くらいそれがあった。ふたたび感情がうごきはじめると、自分の冷酷さにゾッとするのだが……しだいにしなくなり……夢のなかではまったくその状態で、わたしは自由を感じた。（ユー・メイ・ドリーム　C4-263p）

結婚してない男の自由を、わたしは信じない。結婚してないから、自由であるといういい方は、何も持たないから失うものもない、というのと同じなのだ。結婚していても、責任のがれではなく自らすべてをひきうけていく自由を、人は持てないのだろうか。だが、本当はみんな「自由」なんかには、飽き飽きしているのだ。（私の同棲生活批判　73/3『婦人公論』）

自由とか主体性とかいうものは、なまやさしいものではないのだ。（なんたるシリアス路線　73/9『愛するあなた』）

主体性

もっとも現代ふうな職業についているのに根底の発想は紋切型、という人間はかなり多い。月よりの使者のヴァリエイションみたいなギンギラギンの服を着て、髪を緑に染め、額にスパンコールをはりつけているからといって、自由なものの考え方ができるとは限らないのだ。（恋愛嘘ごっこ　73/9『愛するあなた』）

男もそうであるけれど、女が主体性を確保するにはエロティックでなければいけない、というのがわたしの持論である。知的という条件すら、エロティックになるためのひとつの要素でしかない。たとえば、頭のよさは顔を美しく見せるためのひとつの手段でしかない。人間は生まれながらに差別されている。そしてもちろん、その能力によって差別されるべきなのだ。そんなことはない、などといっても、これは現実なのだから、仕方がない。(なんたるシリアス路線　73/9『愛するあなた』)

趣味

趣味ってのは、役にたたない理屈、なんです。(対談　亀和田武　C8-119p)

純粋

――純粋でないものはことごとく私を憂鬱にさせる。自分に忠実ならば、エゴまる出しでもふしだらでも、少しもかまわない、と思っている。(犯罪者的想像力の男　C7-245p)

衝動

〈彼女〉は、熱につきうごかされて。母親が寝しずまったすきを見はからって。自分の部屋の窓から逃げる。おふろにもはいったし、髪も二回あらって。よくブラッシングした。過激なラメのミニスカートは、友達のうちへいってそこのミシンで、自分でぬった。つけまつげは二枚。うえとしたに。やたらに青白くぬった顔で。なぜそうしたいのかわからないけど、夜の底を走っていく。

十八歳か、十六歳か、十七歳。

性的には、非常に未成熟で。ただ、夢だけをみていたい。頭は熱く、からだはひえている。音がなんであるかなんて、分析はできない。あまりにつよく感じすぎて。脳があわだってしまって。

ヨコスカで本牧で。そして、かなしげに原宿で。ブラインド・バードになってしまって。ただ、つきすすむ。(カラッポがいっぱいの世界　C4-300p)

「あのひとは衝動的だから、なにをやるかわからない」とは、ひとがよく吐くセリフだ。衝動ほど、たやすく予測しうるものはないのに。それは、意識のふかいところにかかわってくるからだ。情念ということばはつかわれすぎたが、情念をもって突発的に行為することが衝動ならば、これほど理解しやすいものはない。（衝動を軽蔑するカボチャ頭　75/6『婦人公論』）

冗談

冗談みたいにじゃなく、冗談そのもので生きたいけれど。（眠らぬ秋の夜の幻想曲　73/10/6『女性自身』）

情熱

情熱がないのではなくて、あるからこそこわがるのだ。自分がそれに向かって、急激にすべりだしていくのがわかる。自分が自分でなくなってしまうような気がする。情熱に支配されるのではないか、という不安がある。だからセーブする。（疑似情熱ゲーム　C5-62p）

――人間、洗練されると情熱なんていうやぼったいものは抱かなくなる。（インタビュー　C8-205p）

処女

処女のいらだちは、一度も他人によって認められたことのない肉体を持つ、ということである。誰も、彼女が生きていて、愛されていることを、教えてはくれないからだ。(幻の影を慕いて 73/9『愛するあなた』)

男が女を犯す、ということばがある。犯すというと、すぐにヴァージンをおもいうかべるバカがいる。たいへんロマンティックですばらしいのだが、じつはあなた(男)のほうが試みられ、観察されているのをご存知ないのだろうか。これまでにくりかえし妄想してきたことの事実を、彼女たちはためしてやろうとおもっているのだ。処女はひどくサディスティックで冷静な気分でいる。好奇心でいっぱいの彼女たちに、あなたは犯されていたのだ。その観察力によって。もちろん暴力によって無理やりなされる性交は、例外であるけれど。(メロドラマ? もちろん好きよ C749p)

深刻

深刻なものとかきまじめさに耐えられる、あるいはそういうものが好きな人間って、神経が丈夫なんだと思うよ。わたしは耐えられない。（しらけたッ！　対談　嵐山光三郎　73/9『現代の眼』）

シリアス路線には飽き飽き。行きちがいととりかえしのつかない失敗と退屈の人生だったら、あとは笑うほかないじゃない？

深刻ぶっている人間には、本物の不幸なんてない。修羅場《しゅらば》の体験がない。（眠らぬ秋の夜の幻想曲　73/10/6『女性自身』）

信じる

――信じるとか信じないとかいうことばのイミは許す許さないとおなじように、非常にわかりにくい。ひとがひとを信じる、ということはどういうことだろう。ある現象について善悪の判断ができないのと同様に、信じるという行為も不可能であるようにおもわれる。（だれもが変態になっている　C5-151p）

相手を信じきるという行為は、大変な偽善だと思い込んでいる。信じられる方は、全面的に頼られるのと同じだから、疲れるに決まっている。（冗談コロコロ、シラミがピョンピョン　73/9『愛するあなた』）

人生

速度が問題なのだ。人生の絶対量は、はじめから決まっているという気がする。細く長くか太く短くか、いずれにしても使いきってしまえば死ぬよりほかにない。どのくらいのはやさで生きるか？（いつだってティータイム　C5-7p）

生きてみなければわからないことがある。わかってしまったあとでは、もうおそいのだ。だからといって——だからこそ人生はすばらしい、というほどの元気もない。（ハートに火をつけて　C1-276p）

人生には小説や映画のようなカッコいいラスト・シーンはない。きょうはきのうのつづき。あしたはきょうのつづき。（幻想の内灘　C5-201p）

人生ってすばらしいのだ。あたしはそう思いこむことに決めた。退屈なんてあるわけがない。退屈は罪だ。

たとえば空港のトイレに胸クソ悪いババアがいて、彼女はそこをそうじするわけでもなく空港の従業員でもないのに、ただそこで番人をして寄生虫として生きていくことが黙認されていたとする。

なぜチップを出さなきゃならないのかわからないあたしは、それでも一〇セントくらい出したのだが、「少なすぎる」といわれた。こうなったら、そのババアとの追っかけっこで、もうオシッコしちゃったんだから、こっちのもんよ。

ベイルート空港のジプシーみたいなその婆さんは、あたしを追いかけながら、その年になってようやく人生の絶望をつくづく感じたと思うのだ。（いづみの三文旅行記　C6-154p）

他人が経験し、自分がふれることもできなかった人生に、やけつくような痛みとあこがれを感じる。世界に四十五億の人間がいるとしたら、その四十五億人全部になりたい。（乾いたヴァイオレンスの街　C5-30p）

——男と女の愛と呼ばれるものだけが、人生のすべてではないのだ。（自らの中で完結する行為　C7-259p）

——人生をHOW　TOでしか考えられないふつうの人には美しさを感じない。ふつうはダメです。それは日常であり俗であり実利なので。（手紙　C8-258p）

スター

——わたしが有名人やスターといわれる人々に興味をもつのはそこに、虚飾の世界にしか生きられない人間の凄絶さを感じるからだ。（踊り狂いて死にゆかん　C6-174p）

女も男も、じつはやや小柄なのだが、大きくみえるというのが、理想じゃないのかね。スター性って、そういうもんでしょ。（色情狂になってもいいのは美人だけ　C6-229p）

——わたしはミーハーが低俗だとは思わないし、彼女たちには一種動物的な未来予知本能みたいなものがある。スターというものは、ミーハーがついてこなければ、その生命はおしまいだ。いくらくろうと筋にひいきにされても。そして知識人と自認している人びとは、つねにグルーピーたちの後からついていくものだ。（うわさのあの子　C7-275p）

性

性の荒野は、純粋な皮膜感覚を頂点として、無限にひろがるくらやみのようなものだ。わたしたちの生は、そこに突如ひらめき、また消えてしまう、けいれん的な光である。(斎藤耕一における男と女　C7-244p)

——わたしは男でも女でもないし、性なんかいらないし、ひとりで遠くへいきたいのだ。(ユー・メイ・ドリーム　C4-259p)

性とはそれを論ずることではなく、やることである。論議は、つくした。いまではフロイトはかなり広く知られている。そのまちがいまでもが。だが、とがった物が男性器を表すと知っていて何になろう。(きれいなお嬢ちゃんという名のホモの中年男を　C7-265p)

もっとも性行為そのものにすら、何の感激もなくなったら(そして人はすぐそうなる)もうおしまいだ。いまさら思春期にもどれるわけでもない。たいていのものは慣れてしまえば、あとは全部死ぬまでのひまつぶしだ。性など、究極的な愛に比べればたいした問題ではない。(き

れいなお嬢ちゃんという名のホモの中年男を　C7-266p）

——気持ちのよさは、形態よりも、むしろ質感ではないか、という気がする。皮膚はすべすべとなめらかで、パウダーっぽいのが理想なんだね。（変質者になりそう　C7-219p）

つまり精神病というか、心のゆがみというのは性的なものに起因するというんじゃなくて、性的なものに一番よく現われる。現実に人を殺したりできないから、許されることといえばセックスすることじゃない。セックスは破壊的行為でしょう。（インタビュー　C8-215p）

禁止されているから面白いんだという心理があるじゃない。性はジトジトしていたほうが面白いとか、そういうのはわからない、まず。そういうのはべつに何でもいいじゃないの。何でもやれますという感じ。禁止されているから面白いのかね。（しらけたッ！　対談　嵐山光三郎　73/9『現代の眼』）

あるいは、その肉体を、他人の手によって発《あば》かれつづけなければ、生きていけない者たちがいる。彼らは他人とより深く関わるために、性を媒介とする。（幻の影を慕いて　73/9『愛するあなた』）

政治

政治はこわいものなのだ。やつらは、じつに抜けめない。（モデルガンを守る会　74/12『現代の眼』）

性質

ルックスがわるいとか、才能がないとかいうひとは、ほんとに性質がわるい。（手紙　C8-259）

成熟

——成熟するというのは、彼の内部での価値感がかたまってしまうことだ。人格の変化がみられなくなる。しかし、四十歳になっても不安定でゆれうごいているような人物は、こっけいでありみじめでもある。（ディーン、あなたといっしょなら　C7-108p）

精神と肉体

肉体に対して精神を持ち出すのは、いかにも安易すぎる。肉体と精神は、決して対立するものではないからである。（幻の影を慕いて　73/9『愛するあなた』）

肉体至上主義は、スノビズムの裏返しでしかない。（幻の影を慕いて　73/9『愛するあなた』）

肉体的に非常に気に入った相手と、精神の双生児みたいな相手と、どちらを選ぶかというのは比べられる問題ではありません。（冗談コロコロ、シラミがピョンピョン　73/9『愛するあなた』）

そうすると、若い人間の情熱というのは、自分の幻のような肉体にすごくよりかかって、顔が美しいとか、マツゲが長いとか、色気があるとか、そういうことに全面的によりかかっているわけじゃない。肉体的なものに、全面的によりかかって、ただやりまくるというのもいいけど、何もそこに精神性を持ち出す必要はないわけよ。やりたけりゃ、やりゃあいいんだし……。

（インタビュー　C8-207p）

世界観

「……はじめて意識をもったとき、自分におしつけられているこの世界のひどさに、はっきりと絶望した。わたし用につくられた世界は、悪夢に似ていた。祈ってもムダなんだ、とわかった。その日からいままで、どうしようもなくつよい諦観はつづいている」（ハートに火をつけて C1-68p）

「たぶん——希望らしきものがなんにもなくても、ひとは生きていかなきゃなんない、ってことを十代のうちに知ってしまったんだと思う。絶対の真理なんか、この世にない、ってことを」（ハートに火をつけて C1-275p）

みずからの敵がなんであるかを把握するには、世界を認識することからはじめなければならない。（乾いたヴァイオレンスの街 C5-20p）

夜明けはゾッとする。しらしらした光は、あたしのみにくさを、その夢の部分までを、あばきださずにおかない。たいてい宿酔《ふつかよい》だ。そしてあたしは、もう、上っ調子なことをしゃべりちらすこともできないほど、疲れきっているのだ。

世界はあたしの前にやさしく頼《たよ》りなく横たわっている。すべての理屈はすでに考えつくされ、こねくりまわされ、あたしのことばの中でどうしたらいいかわからなくなる。

夜のうちだったら、それを適当にパッケージすることができる。ある形につつみこむことによって、中身がお化けであろうと、あたしは安心するのだ。パッケージこそが、あたしの、世界に対するただひとつの態度だ。そして、夜明けにはそれができない。(あまいお話　C6-32p)

わたしにとっての世の中は、それこそ観念の一覧表である。これはひどい近眼だということとも関係があるのかもしれない。微細に現実を直視して、描写するということができない。(花咲く丘に涙して　C6-45p)

――みんな、それぞれが、自分は世界の中心じゃない、ということがわかってない。私の問題など他人にとってはどうでもいいことなのだ、ということに気がつかないので、ほとんど全員がモノクルオシイ見せ物になっている。ごく少数の、芯から冷酷な人間だけが、それを納得している。(よろしく哀愁　C6-266p)

――わたしは受動的であり、いつも漠然とした何かを待っていた。何かが起きることを、ぼんやりと期待していた。それがなんであるのかは、長いあいだわからなかった。おそらく、わたしは自分自身を待っていたのだとおもう。いいかえれば、自分にとっての現実、というものを。世界はいつだって、あいまいに無意味に、ベローンとひろがっていた。（女優でいなかっぽいというのは大変なことだ　C7-30p）

無限の暗黒に一瞬ひらめくのが自分の生で、それが開かれて世界は存在しはじめる。ふたたび閉じられたとき、もう世界なんてなくなってしまうんだ、と思った。（……みたいなの　73/9『愛するあなた』）

セックス

とにかく、ガタガタいわずにやればいい。気持ちがいいかわるいか、なんて、考える必要はない。

「いいに決まってる」

とおもいこむことだ。それは、感情ではなく、気分の問題でしかない。気分なんて、おもいこみでどうにでもなる。好きな相手とやれ、やらないよりいいに決まっている。（「気持ちがいいかわ

るいか」考える必要はないのだ　C6-58p）

やっぱり死ぬほど好きな相手とはやれた分だけいいと思うわ。（しらけたッ！　対談　嵐山光三郎　73/9『現代の眼』）

寝たい男と寝たいときに寝て、どこが悪い、というのだ。それができないなら、半分死んだも同然だ。（働く母、未婚の母差別裁判に抗議する会　73/6『現代の眼』）

——好きだから寝る、のではない。寝てから好きになる、のだ。（『タッチ』　56p）

——セックスがなくなったら、精神的なことがのこる、ってのはマチガイだと思うけどね——。精神的なものも、いっしょになくなっちゃうんじゃない？　どっちでもいいけどさ——。（手紙　C8-267p）

——セックスというものは（真代みたいな潔癖症にとっては）ふだん気持ちのわるいものが、快感になる。そのことだ。他人の唾液とか汗とか粘液とかが。他人のからだは、きたない。自分のからだだって、きたない。形のよしあしではなくて、皮膚は生きて呼吸して排泄するから。きたながりながら抱きあうのは、マゾだろうか。（『タッチ』121p）
――肉体の記憶というものは、一度だろうが何百回だろうが、去ってしまえば同じものだ、とわたしは思う。（自らの中で完結する行為　C7-263p）

絶望

「泣けるぐらいなら、たいしてつらくもないのよ」（『タッチ』260p）
「それはよかった。明るいのが、いちばんですよ。そして、絶望しきっているのが」（『タッチ』287-288p）
何時間も飲みつづけ、飲むことがしだいに苦痛になっていきながらも飲みつづけ、明け方、頭の中で花火がうちあがっているような状態から仕事をはじめる。それは奇妙な明るさにみちた絶望感で、自虐性の強さを考えると、それを楽しんでいるのではないかと思われる。（幻の影を慕いて　73/9『愛するあなた』）

センス

センスがあるとかないとか、ひとは簡単にいうけれど、じつはたいへんなことなのではあるまいか。（なんと、恋のサイケデリック！　C3-12p）

喪失感

時間にたいする飢餓感覚などには、目をつぶったほうがいいのだろう。ずっとまえ、たいしてヒットしなかったが「もう一度人生を」という歌があった。しかし、ひとはいくらもう一回やりなおしても、結局おなじことをやるのではないかとおもう。遊園地や公園をさまよい歩いても、喪失したものならばみつかるかもしれないが、はじめからないもの、あらかじめうしなわれたものは、みつかりっこないのだ。（公園はストリート　C5-127p）

——私はいまの日本で、敏感な人間がいかに深い喪失感の中にあるかを悟った。（喪失感の中で

C6・99p)

存在

——私の中には何ひとつはっきりしたものはないのだ。何ひとつ価値をもったものはなく、信条も目的もない。すべてがあいまいで、ただ存在しているだけのものでしかない。(一日は長い、だけど　C6・97p)

あなたはどのように存在しているのか。あなたの肉体がそこにあるということを、何によって証明できるか。

それは誰かによって見られる、ということでしかない。他人の視線や手によって確認されることが、すなわち存在することだ。より確実に存在するためには、より多くの他人に見つめられ、知られなければならない。

知られたいという欲望は、ほとんど愛されたい願いと同じものだ。あなたの肉体が愛されること、あるいは憎まれることが、あなたの存在を意味づける。(幻の影を慕いて　73/9『愛するあなた』)

退屈

——退屈してもしかたがないから、退屈なんてしない。そんなことをいえば、生きていることそれ自体が退屈になってくる。（ソフト・クリームほどの自由　C5-40p）

他人

他人といっしょにいることは努力を要することだが、一人遊びにくらべればまだよい状態なのではないか、と思考する。ほんとうは深刻であっても気楽そうにふるまう。楽しくもないのに楽しそうにする。ということは案外大きな機能をはたしているのではないかと思える。そうだ、わたしたちはなんの目的もなく生きているのだから。（徹底的に自分にこだわって、考えのふくらみを追求一人遊び　C6-94p）

——人間は、他人を利用して、他人を愛して、共同幻想結ばなきゃ、この社会に生きてるイミない。（手紙　C8-251p）

このごろ、他人を一個の塊《アン・ブロック》として感じることが多くなった。マルグリット・デュラスの絶望にちかいのかな、と思う。表現のもととしての存在が表現することを、ふだんわたしたちはくみとったり意味を推しはかったりするけど、それは全部虚構だから。分析・推理は、たいして意味のあることではないから。

一個の塊としての他人は、なまあたたかく、おそろしい。自分が目も見えず耳も聞こえなくなったみたいな気がする。そういう感じ方は、官能的なんだと思う。彼や彼女のいいたいこと（意識的にせよ、無意識的にせよ）は問題ではなくなって、なにものかに押しつぶされてもがいている生き物、としか感じなくなる。それは一種の圧迫感だ。他人がひとつの圧迫感でしかない世界は、意味のないおそろしい世界だと思う。（手紙　C8-267p）

けっしてバカにしてはいない。他人のかんがえかた、生きかた、すなわちおもいこみを否定するのはいやだ。なんにしろ、おしつけがましくされるのも、するのもきらいなのだから。わたしは、なにかについて頭からバカにする、ということはしないつもりでいる。それよりも、理解したいものだ。なるべくなら。というより、けんめいになって。（『いづみの残酷メルヘン』206p）

「あんたの魂は、あたしとちがう材料でできてるんだね」

母がいった。

「うん、たぶん、……とても下等な材料だとおもうよ」

わたしは、やさしく答えた。（ユー・メイ・ドリーム　C4・265p）

罪

罪の意識というものは、とても便利だ。これは、どんなことにでも適用できる。しかもどこかしら、崇高な感じがしないでもない。自己を卑下することは、他人を非難するほどの害はない、とおもわれているからだ。

これは運命論者であるのと、おなじことだ。愛のゆくえになやむ女の子のまえで、手のひらのしわをああだこうだ、と理屈づけるのとかわりはない。

われわれには罪がある、とおもう。するとすべて納得がいくのだ。だから、こんなにつらいあるいはおもしろくもない人生をやっていかなければならないのだ。（だれもが変態になっている　C5・155p）

――人間の堕落は、罪悪感から、はじまるのね。あんなもん、持っちゃだめよ。（対談　亀和田武　C8-129p）

諦観

「もう子供時代は終わった」と思ったその夜から、あまり泣かなくなった。ひとつの諦観がわたしの主なる属性となった。（踊り狂いて死にゆかん　C6-166p）

わたしは自分が、ドアも窓もあけっぱなしで、その中を風が通りすぎて何もかもさらってしまった家、のような女だと思っている。何ひとつ自分の中で体系化できないし、永続させることができない。何をいわれてもまともに答えられない。たいていのことはどうでもいい。（踊り狂いて死にゆかん　C6-166p）

同化

他人が所有しているある観念を、まるごと吸収するのはむずかしい。それが形成されるまでの雑多な道すじを、もういちど疑似体験しなければならない。そんなふうにおもいはじめるといつかみた青い空ではないが、彼がながめた空の色とかその恋人がいつもつかっているシャンプーのにおいまでが、大切なことになってくる。

それはつまり、ある人間が生きた十何年なり二十何年なりを、一週間とか十日とかで走りぬけようとすることだ。わたしは親しい他人から「やさしい」といわれることがある。やさしいのではなく、他人の身になってみるのが好きなのだ。それは同化したいというはげしい欲求と自分が経験しなかった人生にたいする嫉妬でしかない。（乾いたヴァイオレンスの街　C5-32p）

宇宙とバイオリズムがあわないのだ、と思った。私は砂漠の中のゴミなのだろうか。まわりのたくさんの砂粒に同化できないのだ。砂の圧力で動いていく。その中におさまり安定し、周囲と同じように流されていくことはできない。（一日は長い、だけど　C6-96p）

同性愛

——ホモは気取って夢中になって、それらしき文化を生み出すけどさ、レズはただおたがいの

からだだけが果てしなくあるって感じだもの。精神性っていう装飾がない。（わたしの性的自叙伝　C6-20p）

世間から異常とみなされる同性愛を、わたしはそれほど異常だとは思わない。ただ、彼らが小児的でめめしいことは事実だ。「育ってない」男がじつに多い。自分に誠実に実人生の責任をひきうけようとする姿勢の男たちは、あまりにも少ない。たいていの男は子供っぽく、いろいろなものから逃げようとしている。（世の中、右も左も、オカマだらけじゃございませんか　C6-40p）

すばらしい男が現われない限り（そして、たぶん現われないと思う。それはほとんど予感だ）私はたぶん、三年以内にレズビアンになる。（わたしの性的自叙伝　C6-24p）

いっしょに寝るには女の子より男の子の方がいい。それは当然なのだが、世の中にはぐっとくるイイ女というのも存在していて、たまにそんなのに出会うと困惑する。同性である自分のアラが目立ちすぎるし、あまりに深い恋心のために手も出ない。ただただ、こちらが消滅したい思いにかられる。（恋愛嘘ごっこ　73/9『愛するあなた』）

——あの子とわたしのあいだには、性的行為はなにもなかった。だが、彼女がくれた手紙は、すてきなものだった。

「いづみさんのうちには、子供のころ、ピアノがありましたか？　あんたはピアノをひきますか？　あたしは、苦力《クーリー》の娘なので、ピアノをひきません……」

とてもいい子だった、とおもう。（苦力《クーリー》の娘　C6-248p）

道徳

「道徳なんて、はじめっからないのよ。よくかんがえてみたら。十代のころはすごくある、と思いこんでたんだけど。それは、道徳をおしつけてくる他人をこわがってただけなの。それに気がついたら、よけいおそろしくなった。わたし、年に二回か三回、感情というものがまったくなくなるときがあるわけ。ひどいときには、二日も三日もつづく。そーゆーときは、外へ出ないようにしてるわ。平気でひとを殺せそうな気がして。人形をこわすみたいに、無感動に」

（ハートに火をつけて　C1-63p）

内省

小さい声で何かいう、ってのはキモチヨイ、と思う。それらは別に、声に出さなくてもいいことだからね。いうかいわないかは好き好き、というところで。（手紙　C8-272p）

外界の刺激を受けつけず、外界に興味をもたず、ただひたすら夢を増殖させることで生きてきた。かわいげのない子供だった。いつも暗い廊下のすみで、ひっそりと本を読んでいた。（ばら色の人生？　73/1『いんなあとりっぷ』）

泣く

なにもそんなに深刻ぶる必要はない。人は必要によって嘆き悲しんだり悩んだりすべきだ！泣くときは他人に見つからないところで泣く。ただし、嘘泣きはその限りではない。（こんなにあなたを愛しているのに　73/9『愛するあなた』）

慣れる

ひとはすぐに狎れてしまう。だが、霧子は狎れることができなかった。そして、わたしも彼女とおなじように、狎れるということができない。（幻想の内灘　C5-198p）

「だってわたし、環境になれるってことができないたちですもの」（『いづみの残酷メルヘン』348p）

慣れはエロティシズムの敵です。彼はあなたを何と呼ぶだろう。「おまえ」とか「ねえちゃん」とかいう相手だったら、もちろんすぐにバイバイよ。（冗談コロコロ、シラミがピョンピョン　73/9『愛するあなた』）

ニセモノ

事実よりもうわさの方が真実をついている。同じように、本物よりもニセモノにひかれる。自然より人工がいい。クソマジメより悪ふざけが好き。マガイモノは、パロディーとしての文明批評だ。（恋愛嘘ごっこ　73/9『愛するあなた』）

日常

せまりくる死に背中をむけるわけではないが、毎朝紅茶をのむ習慣があれば、その日の朝も、やはり紅茶をのまなければならない。日常とは、つまらないことのつみかさねである。だが、そのつまらないことのひとつひとつが、どのくらい大事かということに、たいていの人間は気がついていないだろう。日常感覚のＳＦをかきたい、とわたしがいつもおもっているのは、そういう理由からだ。（「日常」をかんがえさせるＳＦ　C7-89p）

——おそらく歴史に名前なんかのこらないとわかっていても、やはり皿は洗わなければならず、日々をくりかえしていかなければならない。

人間のほんとうの強さは、そういう部分からきているのではあるまいか、とわたしはおもっている。（「日常」をかんがえさせるＳＦ　C7-90p）

人生において力をふるうのは、「異常なできごと」ではない。日常の習慣性が、すべてをおおいつくしてしまう。（自らの中で完結する行為　C7-258p）

そうした日常の小さな事件が、情熱をむしばんでいくのだ。情熱は不安によってあおりたてられるが、おだやかな日常にのみつくされる。（斎藤耕一における男と女　C7-253p）

日常というのはすごいスキャンダラスなことだと思いませんか、つまりある事件があるからスキャンダルじゃないわけですよ。生きていること自体すごいスキャンダラスなことだと思うわ。（しらけたッ！　対談　嵐山光三郎　73/9『現代の眼』）

エロティックなものを破壊するのは、いつでも「日常」なのだ。こんな時代に、人生における「劇的なるもの」を期待しても、無理というものである。（私の同棲生活批判　73/3『婦人公論』）

人間関係

――わたしはきらいなのだ。男のせわをやくのが。大きらいだ、といってもいい。ベタベタした関係が気持ちわるい。家族だろうが友人だろうが、さっぱりした冷淡なつながりを好む。（ハートに火をつけて　C1-209p）

――ふれあいぐらいで満足できるほど、あなたがたの心は飢えていないのか、と問いなおしてみたくなる。男と女、ひととひとのかかわりは、そんなものでしかないのか。やさしさで、す

べてにカタがつくとおもったら、多くのまちがいを犯すことになる。（ソフト・クリームほどの自由　C5-58p）

何によらず、湿っぽく暑っ苦しい人間はいやなものだ。（こんなにあなたを愛しているのに　73/9『愛するあなた』）

理想的な友人関係は、つかずはなれず、だと思っている。あまりに深くはいりこむと、相手の全体が見えない。平衡感覚を失う。やさしくてつめたいのがいちばんで、その反対に神経が粗雑であたたかいというのは耐えられない。もっとも、もてすぎる男というものは、その場かぎりのやさしさと内心のつめたさが、極端すぎるけれど。

エゴが充全に発達していない人間は困りものだ。自分が何をしているか、わかっていないから。日常生活に何の支障もなければいいが、いったんコトが起こると、扱いがめんどうである。確固たるエゴがないから、すべてを他人のせいにする。依頼心が強すぎる。どんな不幸が起こっても、他人のせいにできるうちは安楽である。本人は苦しんでいるつもりなのかもしれないが。（こんなにあなたを愛しているのに　73/9『愛するあなた』）

とにかく、人間関係はメカニックにいきたい。それが本当のやさしさかもしれない。（こんなにあなたを愛しているのに　73/9『愛するあなた』）

人間ぎらい

「人間観察が趣味っていうひとは、わりと人間きらいなのね。だから、すぐ欠点をさがしだす」（対談　ビートたけし　C8-19p）

年齢

——結局、年齢ってないんだよ。似たような魂があれば、何十歳ちがってようと、同レベルで話せるんだ。（手紙　C8-238p）

俳優

俳優というものは、ただそこにいるだけで芝居をしているものなのだ。たとえばおかしいのは、彼の存在そのものである。おもしろいセリフをいったり、おもしろい動作をするからおもしろいわけではない。そういう意味では、舞台装置やストーリーは、彼が存在するための背景をあたえているにすぎない。（これぞ男の生きる道　74/3『太陽』）

バカ

――知っててバカをやるのは、わたしも好きだ。知らないでバカをやるのは――単なる、もとからのバカではないの？（「哀愁の袋小路」なのよ。　C6-303p）

わたしが書くものの主調音のひとつは、決まっている。

「バカは、どこまでいっても（いつまでたっても）バカでしかない」

どーして、それが、わかんないのかね？

いまだに大きな顔して多数棲息している『むかしのインテリ』は、かんがえる。教養小説ふうに。「人間は、試練によって成長していくものだ」と。

そんなことはない。ほとんどない。

どんな事態になっても世界観が変わらないどころか、ますますそれに固執するタイプが圧倒

的なのだ。そのほうが、安易だから。（「哀愁の袋小路」なのよ。C6-304p）

——きらいな人物を攻撃したりバカにするのは、おもしろいしさ。でも、基本的には、どうでもいいんだよ。どうでもいいから、おもしろがれるんであってさ。（ユー・メイ・ドリーム　C4-260p）

バカのどこがバカかといえば「自分は世界の中心じゃない」「私の問題など他人にとってはどうでもいいことなのだ」ということが、わかっていないところ。誇大妄想ばかり。（手紙　C8-243p）

バカが精神的になると人生論はじめるから、きらい。（手紙　C8-256p）

犯罪者

社会に適応できる人間には虚無のにおいを感じる。だから成功者よりも、永山則夫のような犯罪者により魅きつけられるのだ。（犯罪者的想像力の男　C7-245p）

ある犯罪者というのは色気というのがあるじゃない。（インタビュー　C8-202p）

美意識

「美意識は世界を整理するひとつの方法だから。それは、ゆがんでても、病気でもいいわけよ。全体がひとつの体系として、キチンとしていれば」（対談　亀和田武　C8-122p）

表現

言葉を持たない子は、他人との接触において、ある不安を持っているから、そのエキセントリックなところがいい。当然、ほかの部分で表現しなきゃいけないわけで、私なんかその「表現」がどこから出てくるのか見るのが楽しい。（しらけたッ！　対談　嵐山光三郎　73/9　現代の眼）

表面

表面には、厚さがない。

だから、非常に危険で、ドキドキする。緊張してしまう。センス・オブ・プロポーションの極みなのだ。（ホモにも異常者はいる！　C6-213p）

さらに表面感覚をもっていれば、他人に会うとき非常に楽しい。二重三重に意識を張りめぐらせて対応する。相手が「なあんだ、こいつの底辺て、このぐらいか」とおもっているのを、さらに底からながめる。そうやって表面に集中するのは、なかなかむずかしい。分裂質の人間は、すぐに意識が外に突出してしまうからで、そうなると自分をふくめた人間を現象としか見られなくなる。（ホモにも異常者はいる！　C6-213p）

胸くそわるくなるくらいそらぞらしいことばって大好き。（対談　田中小実昌　C8-44p）

不安

あたしもどこかへ行かなければならない。灰色の列車に乗った。誰もいない車内は、さわさわするような不安にみちていた。あたしは立ったりすわったり、小さく声を出したりした。誰も乗ってこない。列車は闇に溶けこむ。（夜の終わりに　C2-13p）

――結局、不安なんて何をしてもなくなんないのよ（東京巡礼歌　44p『いづみの残酷メルヘン』）

夫婦

亭主は今夜もかえりがおそい。アルコールづけになっているにちがいない。はやく寝てしまってもいいのだけれど、また起きださなければならないのがつらい。気もちよくねむっているところを「水」とか「お茶づけ」とか呼ばれる。まるで、それがわたしの名前みたいに。で、いやいやながらも、ふとんからはいだして台所へいく。

呼ばれるのは、水やお茶づけである。だがうちの亭主は魔術師ではないから、水をいれたコップがとんできたり、サケ茶づけがふうふういいながらあるいてきたりはしないのだ。あたりまえだけど。（魔女見習い　C4-53p）

わたしにスコットのような亭主がいれば、ふたりのあいだの闘いに全力をあげるだろう。抵抗してヒステリーをおこす。彼女のように、気がくるうかもしれない。（うしなってきたもの……C5-143p）

とにかく「夫婦は他人」ということを、すなおに実感することは、こんなにもおそろしいことなのだ。だから、世のご婦人がたが「彼とあたしは一心同体」とおもいたがるのも無理はない。だって、そうでなければ……ふりかえってごらんなさい。気味のわるい奇妙な生物がそこにすわって、無意味なことをしている！（異性は異星人　C5-235p）

夫婦とは、おもしろいものだ、とおもっている。

結婚がおもしろいのは、愛情だけでは持続しないところである。生活とはくりかえしでしかないのだが、それに耐えるには相当のエネルギーを要する。現実が気にくわないままおとなになったりしても、政治がとか世のなかがと、ゆううつになってばかりもいられないのである。日常における事件をどのようにのりこえていくかで、夫婦の形がきまる。（どぎつい男が好き！　C6-65p）

でも夫婦間の愛情っていうのは、相手の汚いところを見て、なおかつ愛するというもので、それはやっぱり本物っていうか……情熱のない愛っていうのは本物だと思うんだけどね。ある部分的な情熱で愛し合うというのは、むしろ性欲っていうか、たまればヤリたくなるわけだし

（笑）、それを素晴らしいとか崇高だとかいう必要は、全然ないんじゃないかと思う。（インタビュー　C8-207p）

服装

服装というものは自分を異性に誇示するためにあるのだから、これはひどくセクシアルなものです。（冗談コロコロ、シラミがピョンピョン　73/9『愛するあなた』）

不幸

わたしは自ら不幸を招くような、そんなところがある。なにかが成功しかかると、それをぶっつぶす。他人に何かをいわれて、わかっているくせに否定する。要するに自分で自分のじゃまをしているのだ。（幻想の内灘　C5-200p）

私は、いまの時代に生きていて、幸せだとは全然思いません。なんだか最近、不幸感がつのってきたみたい。欲求不満とかそういうものではない（性的にも、金銭的、物質的にも）。70

年代は相当つまんなかった（自分の青春時代にもかかわらず）。80年代はますますおもしろくない、という気がする。50年代、60年代のような現象は、このあとずっと起こらないでしょう。（手紙　C8-292p）

幸福について考えることこそ、不幸にちがいない。若い未婚の女にありがちなちょっとした不幸とは、その種のものだから、解決法も簡単なように思える。若い未婚の女でなくなればいいわけだ。オールド・ミスになるか結婚するかのどちらかで、たいていの場合はそれ以外に考えられない。この場合、同棲も結婚のうちにはいるだろう。そして時が過ぎれば女の子たちに特有の不幸な状態は消えてしまう。（花咲く丘に涙して　C6-42p）

わたしはつらいのだ、と訴えて、それが世間で認められる人間はまだいい方なのだ。認めてもらえない不幸というものが、たくさんある。（冗談コロコロ、シラミがピョンピョン　73/9『愛するあなた』）

負の方向から考えるからいけないのだ。何かを失ったのなら、はじめから手に入らなかったよりはまし、と考えたい。一度も恋愛らしきものを経験せずに年をとる、という人間がたまにいるらしいが、その人生に何もなかったということほど不幸な話はない。何のために生きているのだ？（こんなにあなたを愛しているのに　73/9『愛するあなた』）

不思議

あたりまえじゃないことはふしぎではないが、あたりまえなことはとてもふしぎなのだ。（きらいはきらい、好きは好き　不思議の国のアリス　73/12『太陽』）

プライド

ボロボロになった自我が最後にしがみつくのは、プライドだけなのだ。わたしのプライドなんて、たいしたものじゃない。それになんの形にもならないし、実質的効果も持っていないではないか。しかしやはりわたしは、プライドなるものを最後のよりどころとしているのだ。そして奇妙なことに、それは客観性やバランス感覚とむすびついている。なぜだかわからないけれど。

自分が衝動的で気まぐれで自己憐憫にみちたいやなやつだ、と知っているせいかもしれない。なにをしても他人には、それが奇行にみえるのではないか、とびくついているせいかもしれない。

自分を客観視しよう。過去を美化すまい、とこのごろは特につよくおもう。自分には輝やかしい青春があった、とかんがえるほうが楽だろう。だが、それをやると、自分を見失う気がしてこわいのだ。（時と共に去りぬ　C7-124p）

不良

幻想のなかの不良少年を賞賛するのは、彼らが外部への敵意をはっきりしめし、それを行動にうつすからだ。不良行為はくだらないとしても、やけくその勇気がある。自己破壊ほど倒錯していない。（乾いたヴァイオレンスの街　C5-23p）

不倫

姦通や不倫の恋が本物だというひとがいる。わたしは、そうはおもわない。そういった情事がなぜ胸をしめつけ、わくわくさせるかといったら、それは単に舞台装置だけだ。情況にあやつられてる、とおもえばシラけてしまう。（男と暮らす法　恋がおわってから　C6-201p）

忘却

過去を美化するような作業は決してすまい、とわたしは、ふたたびつよくおもうのだ。べつに、前向きにだけ歩きたがるスカーレット・オハラの心境というわけではない。それよりも、時と共に去りぬは一種の罪であると漠然と感じるからだ。忘却してはいけない。決して。それがどれほどつらくても。でないと、もう歩けない……遠すぎて。（時と共に去りぬ　C7-126p）

マジメ

——わたしね、自分が生きていくことに対しては冗談すらマジメにやっていこうと思っているわけ。人の一瞬一瞬なんていうのは絶対取り返せないんだもの。後悔したり未練残したり、自分のしたことに関して、くだくだと、ああだこうだ、何だかんだというのはね……（対談　佐藤愛子　C8-178p）

魔法

さして必要もないのに美容院へ行きたくなる時って、自分に魔法をかけたい時みたいね。魔術的思考って、未開人ばかりじゃなくて、いまの私たちにもとりついているみたいね。（手紙　C8-285p）

無感動

――他人が血をながす、というのはなんだか非常におそろしい。そのこと自体がおそろしいのではなく、他人が血をながしていても自分は無感動だろうと想像することがおそろしいのだ。（ふしぎな風景　C5-254p）

自分が死ぬことは、すごくこわい、と他人に告げる。それは、自分の死に無感動ではないだろうか、とかんがえるのがおそろしいからだ。（ふしぎな風景　C5-255p）

無神経

――自分だっておなじように（というか、もっとひどく）無神経なのに、他人のデリカシーのなさを、当人を目のまえにしてあざわらうという男がいる。なすすべもなくそのシーンを見物しているこちらに、妙な目まぜをして「ね、こいつ、白痴だろ？」というような同意を求める。わたしなんかは、両腕をわきにくっつけて、しかとしてるのに、いっしょにおもしろがってる、と決めつける。ひとりで納得して得意の絶頂にいるのをみると、力なく「お元気でなにより」というしかないじゃありませんか。（対談　楳図かずお　C8-61p）

やさしさ

――よわい人間は、やさしくなれない。（無神経は女の美徳　C7-179p）

「なんでそんなにやさしいの？　恋愛してない相手には、親切になれるわけ？」

「だれにだってそうよ。きらいな人間以外には」（ハートに火をつけて　C1-46p）

夢

結局はそうなのだ。カンタンに男をゆるしてしまう。いつだって。わたしの人生に、確かなものなんて、ひとつもないから。すべてが夢みたいだから。（ハートに火をつけて　CI-132p）

——夢をみているのだ。くそっ、夢だって、かまいやしない。わたしの夢は、わたしの現実なんだから。いつだって、夢のなかに生きているんだから。（『いづみの残酷メルヘン』284p）

この世にはどんなにはげしくねがっても、かなえられないことがあるのだ。ひとはあらかじめうしなわれたその夢をさがしもとめて、一生をおわるのだ。もしそれに執着をもつのなら、いまのうちに覚悟しておいたほうがいい。いま感じたことは、死ぬまでおぼえていよう。とおもった。（至上の愛　帝国劇場4月公演「静御前」74/6『太陽』）

三浦海岸の駅まえには、電話ボックスが三つならんでいた。長距離用に百円玉もいれることができる大型の黄色い電話だった。あるとき、そのボックスのとびらをあけ、そこに非日常の裂けめをみた。

電話にはダイヤルも文字盤もなかったのだ。

わたしは声にならない叫びをあげた。

それは自分の夢にいつもでてくるもののひとつだった。わたしはなんとかしてだれかに電話をかけようとする。だが、ダイヤルのまるい穴とその外側は空白で、数字がかいてないのだ。わたしは電話することができない。何年ものあいだ欠けていた、夫と自分とのコミュニケーションを象徴するような単純な夢なのだが、暗い部屋で目をあけてからもわたしを苦しめるたぐいの、いやな味をのこした。その夢が、突然白い昼間にあらわれたのだ。わたしは赤ん坊を抱いて、ボックスの内部の壁によりかかり、ついにすわりこんでしまった。

電話は故障していただけにすぎない。

だが、そのことは非常につよい衝撃となって、わたしを打った。この世界は、夢だからといって安心していられるようなやさしいものではなかったのだ。（ふしぎな風景　C5.248p）

いつの時代でも、象徴としての肉体は、あらゆる人間の夢を背負って、空を飛びつづけなければならない。

スーパーマンは、すべてのアメリカ人の夢のために、空を飛んだ。（幻の影を慕いて　73/9『愛するあなた』）

幼児願望

――あたしは子供でいい。その方が好きだ。暗い中にこうして抱かれているのは、とってもいい気持ちだ。あたしは子供になりたい。部屋のすみをはいまわったり、気に入らないことがあれば鼻にしわを寄せて見せたり、いたずらをしてぶたれたり、適当にあまやかされたり、そしていつまでもこうして抱かれたりしていたい。自分が弱く小さな存在であることに、安定感を覚える。もっと小さくなりたい。大きな強い腕に抱きかかえられて、幼児になりたい。(夜の終わりに　C2-10p)

抑圧

「何も抑圧を受けない人間というのは、まあ気楽だなと思う。何のこだわりも、しこりもない人間っていうのは、人を偏愛しないいんじゃない」(インタビュー　C8-210p)

欲望

――支配欲や独占欲は幼稚かもしれないが、たしかに愛を求める人間のなまの感情にはちがい

ない。(透明な鏡　C8-333p)

とにかく欲望の少ない人間、やる気のない人間には、金を貸さない方がいいし、しょせんは人生の落伍者、ダメなやつである。わたしもそのダメなやつのひとりで、自分が何を欲しているのかよくわからない始末だ。(ばら色の人生?　73/1『いんなあとりっぷ』)

夜

——夜にはいつも救いがある。事物がはっきり見えなくなり、見たいものだけに光をあて、妄想のなかに沈んでいける。(いつだってティータイム　C5-14p)

落下

——こわい……こわい。落ちる。まっすぐに落ちていく。大きく口を開いて待ちうける青く深い闇の中へ。ダストシュートに放りこまれた腕のない人形のように、壁にからだをぶつけながら落ちていく。ゆっくりと確実に沈んでいく。底知れぬ黒い沼へ。あたしは果てしなく落ちつ

づけて、暗い中で朽ちてしまう。とどまることなく。落ちつづける。(夜の終わりに C2-7p)

理屈

おかしなことに、たいていの人間が理屈なしでは行動できないのだ。ある重要なことにたいしては、理屈が追いつかないということを知らない。「愛する」とか「死ぬ」とかいうことにたいして合理的な説明をもとめるのは、その行為自体をかるくみている証拠だ。(乾いたヴァイオレンスの街 C5-35p)

たいていの人間は、自分の行為に理由をみつけたがる。わたしもそのクチだから、後家のがんばりそのままに、「ひとはなんの理由も目的もなく生きて行動するのだ」とおもいこんでいる。理屈づけをきらうあまり、なるべく理由のない行為をしよう、という倒錯におちいる。もちろん、理由なんかなくてもかまわない。目的意識も。行為自体が理由であり目的であるはずなのだから。しかし、それ自体が理由であり目的である、というような単純明快な生き方をしているひとは少ない。「……のために」とか「……だから」というアップ・ビートのひとびとをみていると「理屈はあとだ、みんな死ね」と叫びたくなってくる。(だれもが変態になっている C5-153p)

ところが、わたしは、過去も未来もない、いま、いまだけ、とゆー、じつにおそろしい経験をした。

いまがとんでくる。瞬間がとんでくる。いま、いま、いま、と。時間は不連続なギクシャクとしたものになる。さっきのいまは、ふつうなら過去になるはずだ。なのに、定着しないで、また、かなたにとび去っていく。だから、そのときのわたしには、さっきのいまは、論理的思考のなかにしかなかった。いちいち「さっきのいま、こーゆーことがあった。バスに乗った。料金払った」と頭でくりかえし、確認する。さもないと、記憶しない。絶えずその努力をしていても、他人の記憶という気がした。感覚と感情が、すっかり消えうせていたから。

風景は立体感をうしない、芝居の書き割りとなった。光も影も、一枚のベニア板にかいてあるだけ。すみれ色の不吉な空に、チーズの目と化した太陽がはりついている。ギラギラと無慈悲に、そこを動かない。ひとびとは、目的もなく、地上をはいずりまわっている。

しかし、恐怖感はない。苦しくもない。感情は死んでいた。苦しみという感情のない、このおそろしい苦しみ。まだこわかったころはよかったのだ。絶望ってこんな状態をいうのだろうか、と脳がかんがえている。

わたしは、おそろしい速さでうつりゆく、いまという時に、ピンで止められた虫だった。世界は意味をうしなった。人格と同時に世界も崩壊したのだ。

これを、分裂症症候群のひとつである「離人症」という。

刹那《せつな》とか瞬間が、これほど苦痛にみちたものであることを、それまでのわたしは知らなかった。そううつ質やてんかん質の人間には、とうてい想像さえできないだろう。（鈴木いづみの甦える勤労感謝感激5　SFをさがして　80/11『ウイークエンドスーパー』）

リズム感

どうしてわたしは、こんなふうにいいかげんなことばが吐けるんだろう。すらすらと口からでてしまうのだ。リズム感さえよければ。意味は二の次だ。テンポとリズムが問題なのだ。あとは全部、口からでまかせ気分しだい。（ハートに火をつけて　CI-24p）

流行

ただ、流行とか、ひとにどのくらいウケるか（それも、ごく狭いつまらない集団内で）とかばかり気にして生きている人間を見ると、あまりにも退屈でくだらないとしか、思えない。「軽薄」とか「いいかげん」は、すでに古くなりつつある単なるひとつのスタイルですが、それがただのスタイルであると気づかないで「いいかげん」にどっぷりつかってしまった人間は、少し長くつきあうとおもしろくない。迫力がないのだ。（手紙　C8-278p）

ファズは十年まえのテクニックだ。ストーンズの「サティスファクション」が最初じゃなかったかな？　ボトルネック（スライド奏法）も、いまはだれもやらない。流行の浅薄さには、いつもうれしくなってしまう。（対談　ビートたけし　C8-9p）

ロック

ロックをきいたって、自由にはなれない。平和も愛も、無関係だ。なんとなくぼんやりと、しあわせな気分になったり、あのビートに昂奮したりするだけで。（オノ・ヨーコとキャロル　C6-191p）

ロックを聞いていると、有名になるとかお金がはいるとか、それから何かひとつのことをやりとげるということが、どうでもよくなるからふしぎです。ロックは上昇志向を育てない。無名性に沈むことが少しもいやじゃないということは、ロック世代のひとつの特質なのかもしれません。（そして、いまは……　――あとがきにかえて――　73/9『愛するあなた』）

若さ

清く貧しくても、それが美しいとは限らない。ましてや思春期のつづきのナルシシズムは。若さは貧しくみにくいものだ。若いというだけで無条件に美しいのは肉体そのものだけで、そんなものは自分にとってみれば、何でもない。（私の同棲生活批判　73/3『婦人公論』）

わかる

理解する、といういいかたがある。理づめで解するのであるから、これは頭からはいっていくことであって、真実のイミにおける「わかる」ということではない。わかるということは、多分に感情的生理的な要素がつよい。「わかる」ということは、非常にむずかしいことであり、また（その情熱があれば）やさしいことでもあるのだ。解釈する、となると理解よりもさらにいちだんとおちて、これは百科事典的教養がその素地をなしている。前述の頭脳抜群の女性は「あらゆることを解釈できる」能力があるそうだ。してみると、わたしのやりかたとはちがう。わたしは、なるべく多くのことをわかろうとするし、どうあがいてもわからないことは理解というところまで妥協する。だが、決して解釈はしない。あることがらやある人間を解釈する、ということは非常に傲慢である、とおもうからだ。と同時に、相手にたいして失礼でもある。（わらいの感覚 C5-207p）

夫 阿部薫

「ぼくはいつだって、のこしとかない。フリージャズは一発勝負だからさ」（ハートに火をつけて C1-159p）

「きみが、ぼくに恋愛感情をもってない、ってことは知っていた。それでもいっしょになろうとしたのは、きみと別れたら、もう二度ときみみたいなひとに会えないと思ったからだ。きみのエネルギーの量はすごい。しかもそれが集中されている。コンクリートの壁をギリギリ回転しながらつらぬくようなところがある。なぜかっていうと、それは、きみがキチガイだからだ」

（ハートに火をつけて　C1-193p）

——彼の演奏は強烈で凶暴ですさまじいといわれた。わたしにはこの感受性のつよい不安な男が「助けてくれ！」とわめいているようにきこえた。（阿部薫のこと……　C8-169p）

——彼は自分のすべてを与えようとしていた。たぶん、生命すらも。

しかし、彼は白痴であることによって同時に、世俗のアカに汚れていないように見えた。バカだから汚れようがないのだ。仕方がない。私は、彼に近づいていった……。（手紙　C8-288p）

ふたりの関係を、阿部さんは「他人からは想像を絶する」といったけど、決して大げさではなく、そのとおりだと思う。（手紙　C8-289p）

「ジュンを苦しめるためになら、死んだっていいくらい。実際、そうしようとしたことある。あいつがねむってるすきに、風呂場にとじこもって、きたないカミソリ使ってたのよ。ちっとも痛くなかった。」（ハートに火をつけて　C1-176p）

同居人はてんかん質の人間であり、過去に発作をおこしたこともある。その直前八時間から十二時間ほど、異常なほどの多幸感におそわれるらしい。たとえば、電車のなかで缶ジュースをのもうとする。プルトップをひっぱり、さて口もとにもっていこうとすると、突然ゲラゲラわらいだす。

缶ジュースということば、缶ジュースという存在が、もうおかしくておかしくてたまらなくなる。（わらいの感覚　C5-206p）

ふたりの世界は、卵のカラの内部のようなものだった。実在する肉体は夫と自分とふたりだけでありながら、想像力によるものがドームのようにわたしたちをおおっていた。彼やわたしの頭のなかのものが、赤く暗く外部からの光のように、ツルツルした壁に反映していた。（ふしぎな風景　C5-246p）

「きみをいじめることによって、ぼくはきみを大事にしていたのだ。ぼくのなかできみはそのくらい重要な位置をしめていたのだ」

それは身勝手ないいわけだが、真実にはちがいない。（ふしぎな風景　C5-249p）

カオルは、母親に支配されていた。彼女に対する憎悪と怒りを完全に抑圧した結果、それは外部に投影された。彼は（自分ではその理由がわからなかったが）漠然と、この世界を憎んでいた。

一部の友人は知っている例の強姦結婚で、やっとのことでわたしを手にいれると、今度は妻に母親像をかさねた。彼は、わたしのなかの「ママン」を攻撃し、たたきつぶさずにはいられなかった。実際の母親には「いい子」を演じつづけていたが。てんかん患者のしつこさは、言語を絶する。「ヴァージニア・ウルフなんか……」どころではない。子供までいながら、二十八歳まで、家庭内暴力をやっていたのだから。高校生じゃあるまいし。そして彼には、父性愛がカケラもなかった。当然だろう。自分が（心理的には）思春期を脱していなかったのだから。

死ぬ一年まえに、彼のエスは解放された。「ぼくは、きみを愛しているんだ。そのことに、いままで気づかなかった。生まれてはじめてだよ。ほんとだったら！」

有頂点になっても、もうおそすぎた。モノゴトには時期とゆーもんがあるんだよ、カオルくん。とりかえしがつくのだったら、ひとは悲しんだりしない。そのとき、わたしは数年まえの会話をおもいだしていた。「いままでのすべてを、水に流そう」と、カオルはムシのいいことをいったのだ。「わたしには、その種の日本的心情イズムはないのだ」と答えてやった。

しかし、積年の問題が解消された彼は、自分をそうしてくれた女に、さらにしがみついた。

彼の内部には「いづみは、オレのすべてをゆるしてくれる」という幻想が、形成されていたので。(「哀愁の袋小路」なのよ。C6-299p)

——死が残酷なのは、息をして冗談をいい、性交していた人間が、あるときからまったくの物質と化してしまうからだ。その肉体は硬直し、やがて腐肉になってしまうからだ。あとにはなにものこらないからだ。彼のようなメタフィジカルな男は特に。(死んだ男の残したものは C7-94p)

しつっこい。しかも彼はしつっこいことを美徳としていた。(グッバイ・ガールはやめようか C7-139p)

——ある一時期(それが、いつごろのことでどのくらいつづいたかは、明記しない。そのひとたちの期待を裏切りたくないから)彼は、わたしの宗教であった。(グッバイ・ガールはやめようか C7-139p)

鈴木いづみ略年譜

●1949年（0歳）
7月10日、静岡県伊東市湯川に生まれる。本名・鈴木いずみ。父・英次は読売新聞記者。戦争中はビルマで特派員として爆撃機に同乗、戦地を取材していた。著書に『あゝサムライの翼』（光人社）がある。

●1965年（15〜16歳）
県立伊東高校入学。文芸部に所属。1年のとき、詩集「海」に、『森は暗い』、『暁』、『少年のいたところ』、『しのび寄る時間』の詩作品を発表。「海」26号に小説『分裂』を発表。

●1968年（18〜19歳）
高校卒業後、伊東市役所にキーパンチャーとして勤務。地元の同人誌「伊豆文学」の同人となり、小説を発表。

●1969年（19〜20歳）
8月、市役所を退職、まもなく上京する。モデル、ホステスをしながらピンク映画界に入る。火石プロに4ヵ月所属。芸名・浅香なおみ。また、小説『ボニーのブルース』が第12回「小説現代」新人賞候補作品8篇のうちのひとつに選ばれる。「週刊朝日」公募の「八月十五日の日記」に『だめになっちゃう』入選（9／12号）。

◉1970年（20〜21歳）

浅香なおみ名義で『処女の戯れ』（ミリオン・フィルム）に出演、ピンク映画主演デビュー。1月、出演した若松孝二監督『性犯罪絶叫篇・理由なき暴行』（若松プロ・葵映画）公開。続いていくつかの映画に主演・出演するほか、鈴木いづみ名義でも、和田嘉訓監督『銭ゲバ』（近代放映）に出演。また、東京12チャンネルの「ドキュメント青春」（田原総一朗ディレクター）にも主役として出演する。小説『声のない日々』が第30回「文學界」新人賞候補となり、以後、作家に転じる。「天井桟敷」の『人力飛行機ソロモン』に出演。浅香なおみとして、テレビ番組『11PM』などにカバーガールもどきのヌードを提供し、「イレブン学賞」を受賞する。

◉1971年（21〜22歳）

1月3日〜13日、「天井桟敷」にて『鈴木いづみ前衛劇週間』開催。鈴木いづみ作の戯曲『ある種の予感』（現代詩手帖）、『マリィは待っている』（未発表）が上演される。寺山修司監督『書を捨てよ町へ出よう』（ATG・人力飛行機舎）に鈴木いづみ名義で出演。ナンシー国際演劇祭に参加する「天井桟敷」に同行し、パリ、アムステルダムなどに滞在。中原まゆみのシングル『テイク・テン／もうなにもかも』（ビクター）を作詞。荒木経惟撮影の写真集が出版社の自主規制により発売中止となる。

◉1972年（22〜23歳）

「小説クラブ」、「現代の眼」、「週刊小説」などに短編小説を精力的に発表するかたわら、「東京スポーツ」や「映画芸術」、「漫画アクション」などに多彩なエッセイを発表。

◉1973年（23〜24歳）
阿部薫と出会い、婚約。「太陽」で演劇評の連載開始。はじめての単行本『あたしは天使じゃない』（ブロンズ社）刊行。

◉1974年（24〜25歳）
同居中の阿部薫と口論になり、2月9日早朝、左足小指を切断され、ハプニングとして報じられる。

◉1975年（25〜26歳）
初のSF小説『魔女見習い』を「SFマガジン」11月号に発表。以後、同誌で25篇のSF小説を発表することになった。

◉1976年（26〜27歳）
4月、長女あづさ出産。

◉1977年（27〜28歳）
阿部薫と離婚するが、その後も同居を続ける。「面白半分」、「奇想天外」、「ポエム」などに執筆。

◉1978年（28〜29歳）
「ウイークエンド・スーパー」にて『いづみの映画私史』連載開始。初のSF短篇集『女と女の世の中』（ハヤカワ文庫）、生前に刊行された最後のエッセイ集『いつだってティータイム』（白夜書房）刊行。

●1979年（29～30歳）

「カイエ」1月号に「阿部薫のこと……」発表。あがた森魚による阿部薫追悼LP『アカシアの雨がやむとき　亡きAに捧げるタンゴ・アカシアーノ』にライナーノーツ執筆。

●1980年（30～31歳）

「ウイークエンド・スーパー」にて『鈴木いづみの無差別インタヴュー』連載開始。ビートたけし、坂本龍一、大滝詠一、近田春夫、所ジョージ、岸田秀、亀和田武、エディ藩、ザ・ジャガーズなどにインタヴュー。

●1986年（36歳）

2月17日、自宅の二段ベッドにパンティストッキングを使って首つり自殺。享年36歳。

鈴木いづみ書誌

本城美音子

◉あたしは天使じゃない

ブロンズ社　1973年（絶版）

1971年から72年にかけて発表された小説を中心とした短編集。パリが舞台の「いとしのリュシール」「ペリカンホテル」など計9作品を収録。登場する女たちは、身ひとつで「どこか」へ飛び込み、「何か」を探す少女時代を経て、「どこへも行けないし、どこへ行ったとしても同じことだ」という境地に至る。ニュアンスを変えて何度もくり返される「愛していない」という言葉が、不思議な残響をもたらす。

◉愛するあなた

現代評論社　1973年（絶版）

「東京スポーツ」の連載や書き下ろしを含むエッセイ集。少女時代の回想や天井桟敷フランス公演に同行した際のエピソードなどを書いた「……みたいなの」のほか、ウーマンリブ団体「中ピ連」の活動をとりあげた「なんたるシリアス路線！」などを収録。文中には手書きのイラストが添えられており、マリリン・モンローらしき「ハリウッド女優」から「太りすぎて家から脱出できない人」といったユーモラスなものも。

●残酷メルヘン
青娥書房　1975年（絶版）
長編小説。多くの弟妹に囲まれて育ったヒロイン・さつきは、愛らしい弟と次々に情夫を変える美しい母の元を出て結婚。やがて、さつきは夫の束縛から逃れ、恋人とともに旅立つ。逃避行の間に弟は大人になり、母は年老いていく。幻の弟に似た〈彼〉と語らいながら、どこかにあるはずの愛を探して孤児のようにさすらうさつきの姿を、現実と夢想が入り乱れる幻想的なタッチで描く。

●女と女の世の中
ハヤカワ文庫　1978年（絶版）
「SFマガジン」に発表した小説を中心にまとめたSF短編集。男がほとんど生まれなくなった近未来の世界を舞台に、少女のつかの間の恋と冒険を描いた表題作のほか、耳が伸び始めた男を主人公にしたどこかユーモラスな「悲しきカンガルー」など、テイストの異なる9作品を収録。いずれも、ノスタルジックな雰囲気を漂わせた異色の物語となっている。鈴木いづみをSFマガジンに紹介した眉村卓が解説を担当。

●いつだってティータイム
白夜書房　1978年（絶版）
「速度が問題なのだ。人生の絶対量は、はじめから決まっているという気がする。細く長くか太く短くか、（中略）どのくらいのはやさで生きるか？」という冒頭の一文が有名なエッセイ集。74年から77年にかけて発表されたエッセイに書下ろしを加えたもの。「指切り事件」への言及や、夫・阿部薫について書いた章もある。生前に発行された最後のエッセイ集でもあり、「ありがとう。さようなら。」で結ばれたあとがきも印象深い。

◉感触《タッチ》
廣済堂出版　1980年（絶版）
ヒロイン・真代を中心に若者たちを描いた長編小説。発表当時、複数の雑誌がこの本を取り上げ、中でも若者向け男性ファッション誌「ポパイ」は「駄作」と評した。これに対し、鈴木いづみはエッセイで「大わらいしちゃった！」と返している。「いくら相手をとっかえひっかえしても、禁欲的な女の子だっている、ってことを、わたしは書いたの。抱きあうたびに、絶望が深くなるような、神経症的関係を」というのが本人の言葉。

◉恋のサイケデリック！
ハヤカワ文庫　1982年（絶版）
「敬愛するミュージシャン　近田春夫さんへ」という献辞のあるSF短編集。この献辞は、近田が提唱した「明るい絶望感」を織り込んだ作品だったことに由来する。第1部は「なんと、恋のサイケデリック！」などの「明かるい篇」、第2部は「夜のピクニック」などの「暗い篇」の2部構成となっており、計6作品を収録。近未来を舞台にGSが流れるといった不思議な世界が創り出されている。解説は亀和田武。

◉ハートに火をつけて！　だれが消す
三一書房　1983年（絶版）
生前に発行された最後の本。作者と同名のヒロインの一人称で、その青春の輝きと喪失を描いた長編小説だ。鈴木いづみが作品で何度も取り上げてきた人物やエピソードの集大成でもあり、青春の象徴であるGSの美少年・ジョエルや、ヒロインのすべてを飲み干そうとする宿命の男ともいうべきアルトサックス奏者・ジュンなどが登場。時代を駆け抜けたヒロインの軌跡が、痛みを伴う美しい物語に昇華されている。

◉私小説

荒木経惟+鈴木いづみ

白夜書房　1986年（絶版）

鈴木いづみの没後、その追悼として刊行された写真集。70年頃に撮影された写真は、大胆なヌードや、いづみが当時付き合っていた男性との絡み、相手役の男優を公募して行われた旅行風景、ラーメン屋での写真展の様子など、時代の風を感じさせるバリエーション豊かなもの。鈴木いづみの短編小説「声のない日々」、戯曲「ある種の予感」などのほか、いづみの思い出を語った見城徹らのエッセイ、荒木経惟のインタビューも収録。

◉阿部薫覚書（1949-1978）

阿部薫覚書編纂委員会編

浅川マキ、近藤等則、山口修、吉沢元治、副島輝人、庄田次郎、芥正彦、井上敬三、奈良真理子、小野好恵ほか

ランダムスケッチ　1989年（絶版）

ディスク・ユニオン（DIW Records）から発売された阿部薫のCD『ラストデイト』の発売記念として発行された評伝。生前に出演していたジャズスポットの店主や、共演したミュージシャンといった関係者が、それぞれの阿部薫を語っている。即興にこだわったひとりのジャズマンを、紙の上に残そうという異色の試みである。その肖像は、数々の「伝説」に満ち、それでいてどこか愛すべき悪童めいている。

◉声のない日々　鈴木いづみ短編集

文遊社　1993年（絶版）

鈴木いづみの死後、その著作は長らく絶版となっており、「鈴木いづみコレクション」が刊行されるまでの3年間、

手に入る本はこの1冊だけだった。短編小説「なつ子」は、自分の眼球に針を刺そうとする男を眺めているヒロインを乾いた筆致で描いた冒頭から始まり、忘れられない印象を残す秀作。「文學界」新人賞候補となった表題作のほか、SF「女と女の世の中」、エッセイ「苦力《クーリー》の娘」など計8作品を収録。

◉鈴木いづみ　1949-1986

あがた森魚、芥正彦、荒木経惟、石井健太郎、石堂淑朗、五木寛之、内田栄一、岳真也、筧悟、金子いづみ、加部正義、亀和田武、騒恵美子、川又千秋、川本三郎、見城徹、高信太郎、小中陽太郎、末井昭、鈴木あづさ、田家正子、高橋由美子、田口トモロヲ、竹永茂生、田中小実昌、近田春夫、長尾達夫、中島梓、萩原朔美、東由多加、日向あき子、堀晃、巻上公一、眉村卓、三上寛、村上護、矢崎泰久、山下洋輔

文遊社　1994年

関係者や遺族による評伝。さまざまな人がそれぞれの立場から鈴木いづみを語っており、それを通読する事で不在のはずの「いづみ」が鮮やかに立ち上がってくる。単行本の解説や、「私小説」に掲載された荒木経惟のインタビューなども収録。年譜や書誌といった資料のほか、写真も多数掲載されており、作家であり女優であった鈴木いづみの足跡を辿る資料となっている。カバーと口絵写真は荒木経惟が撮影。

◉阿部薫　1949-1978

相倉久人、間章、青木和富、芥正彦、明田川荘之、浅川マキ、雨宮拓、阿部薫、阿部正一、五木寛之、五海裕治、稲岡邦弥、井上敬三、今井正弘、宇梶晶二、梅津和時、大木雄高、大島彰、大友良英、大野真二、沖楯男、小野好恵、金沢史郎、騒恵美子、川崎克己、小杉武久、小杉俊樹、近藤等則、今野勉、坂田明、坂本龍一、坂本喜久代、坂本マチ子、清水俊彦、庄田次郎、菅原昭二、杉田誠一、鈴木恒一郎、須藤力、副島輝人、立松和平、友部正人、長尾達夫、中上健次、中村和夫、中村達也、中村陽子、奈良真理子、灰野敬二、原寮、PANTA、平岡正明、藤

脇邦夫、本多俊之、松坂敏子、三上寛、村上護、村上龍、森順治、柳川芳命、山川健一、山口修、山崎弘、山下洋輔、吉沢元治、若松孝二
文遊社　1994年（絶版・増補改訂版として再発行）
ランダムスケッチ版『阿部薫覚書』を増補・再編集して刊行。

◉鈴木いづみコレクション1　長編小説
ハートに火をつけて！　だれが消す
文遊社　1996年
ショッキングピンクの表紙と荒木経惟が撮影したヌード写真が目を引く「鈴木いづみコレクション」の第1巻。1983年に発行された同名小説を完全収録。幻想を追って青春を駆けたヒロインの姿がエネルギッシュで痛々しい。目の前にないものを求めるなら人は遠くに行くしかない。そして、絶望はつねに希望が死に絶えることから生まれてくる。光が強ければ強いほど、影は濃くなるのだ。解説は戸川純。

◉鈴木いづみコレクション3　SF集I
恋のサイケデリック！
文遊社　1996年
1982年に発行された同名の短編集を完全収録。時空移動や未来世界といったSFらしい舞台を選びつつ、風俗は60年代的。そして、目の前のものが突然あっけなく崩れ去るような不安定さを感じさせる。別のエッセイで鈴木いづみは「世界をどのように認識するか、がSFである。宇宙船がでてくればSFになる、というわけじゃない」と書いているが、この本はまさにそれを具現している。解説は大森望。

◉鈴木いづみコレクション5　エッセイ集Ⅰ

いつだってティータイム

文遊社　1996年

1978年に発行された同名のエッセイ集を完全収録。「ふしぎな風景」には、阿部薫との日々や自分自身の心境が綴られている。穏やかな筆致で描かれる阿部との闘争は、その静かさでかえって凄みを増し、痛々しいほどの喪失感を感じさせる。最後は「わたしは、幻想をもつことすらできない。では、疲れきってしまったときは、どうしたらいいのだろう」と結ばれている。解説は松浦理英子。

◉鈴木いづみコレクション4　SF集Ⅱ

女と女の世の中

文遊社　1997年

表題作のほか、異星人との恋に星同士の謀略を絡めて描いた「わすれる」、生命の移植という新技術にまつわる夫婦の物語「アイは死を越えない」など計7作品を収録。いずれも主軸は主人公自身にあり、その意味ではSFという枠組みに留まらない。絶望の透明さを描くために、あるいは残酷な夫との決別を願う妻の究極の選択を描くために、鈴木いづみはSFという舞台装置を必要としたのだろう。解説は小谷真理。

◉鈴木いづみコレクション2　短編小説集

あたしは天使じゃない

文遊社　1997年

「文學界」新人賞候補となった「声のない日々」など計9作品を収録。ショッキングなほど無慈悲で暴力的な若者風俗を、停滞した気分を漂わせた醒めた筆致で描き出した未完の作品「郷愁の60年代グラフィティ　勝手にしやがれ！」も収録している。地元の同人誌「伊豆文学」に発表した処女作「夜の終わりに」は、少女期特有の不安定さをみごとにとらえた初期の代表作。解説は伊佐山ひろ子。

◉鈴木いづみコレクション7　エッセイ集Ⅲ

いづみの映画私史

文遊社　1997年

雑誌「ウイークエンド・スーパー」に連載していた「いづみの映画私史」に、映画エッセイを加えたもの。内容は単なる映画評に留まらず、映画を語りながら人生観にまで言及する、という特有のスタイルをとっている。阿部薫について書かれた「死んだ男がのこしたものは」も収録。阿部の最期の様子から、葬儀、死後のテープ・コンサートの話などが書かれている。解説は本城美音子。

◉鈴木いづみコレクション6　エッセイ集Ⅱ

愛するあなた

文遊社　1997年

1969年から80年までに書かれたさまざまなエッセイを集めたエッセイ集。「週刊朝日」公募の「八月十五日の日記」に入選した「だめになっちゃう…」や、身辺のことを小説風のタッチで丁寧に描いた「普通小説」シリーズなどを収録。「夫婦とは、おもしろいものだ、とおもっている」で始まる「どぎつい男が好き！」は、自身の男性遍歴や阿部薫との結婚・離婚について書かれたもの。解説は青山由来。

◉鈴木いづみコレクション8　対談集

男のヒットパレード

文遊社　1998年
ビートたけしや坂本龍一ら著名人が登場する対談やインタビュー、友人・金子いづみへの書簡、詩や戯曲、書評などのほか、ピンク女優時代のスチール写真や、年表、書誌を掲載。阿部薫との出会いやその演奏について書いたエッセイ「阿部薫のこと……」も収められている。ほか、いづみの高校文芸部の顧問だった佐藤眞一と、いづみの遺児である鈴木あづさもエッセイを寄せている。解説は吉澤芳高。

◉いづみの残酷メルヘン
文遊社　1999年
1975年に発行された『残酷メルヘン』に、「東京巡礼歌」を加えたもの。「東京巡礼歌」は、閉鎖されたコミューンのように暮らすヒロインと2人の男の絡まり合った関係を、突き放して描いた作品。ありふれた性行為は何ももたらさず、妊娠したヒロインは結婚をひとつの別れの形かもしれない、と考える。「残酷メルヘン」とあわせ読むと、古典メルヘンのような寓話的かつ残酷な空気がより明確に感じられる。

◉タッチ
文遊社　1999年
1980年に発行された『感触《タッチ》』を改題。ヒロイン・真代は、熱意と強引さで迫る潤一を捨て、自分に何の感情も持っていない年下の章に惹かれる。自分の肉体を「たまたま所有した物質」と考え、男たちの間を流れていく真代の姿は、明けない夜の中をさすらい続けたいと願う少女そのもの。終幕の「いつまでも遊んでいたいな」という呟きが切ないのは、それができないだろうとわかってしまうからだ。

◉いづみ語録

鈴木あづさ＋文遊社編集部
文遊社　2001年
小説やエッセイなどの中から「名言」を集めた語録。物語から切り取られてもまだ屹立していられる言葉の強さに、思わず感嘆してしまう。よい言い方ではないが、「若死にする人の言葉だ」という感想を持った。鈴木いづみの遺児であるあづさが編集に携わり、あとがきも彼女が執筆。荒木経惟が撮影した写真のほか、荒木経惟・末井昭・鈴木あづさの鼎談、町田康・鈴木あづさの対談も収録。

●阿部薫　1949-1978　増補改訂版
相倉久人、間章、青木和富、芥正彦、明田川荘之、浅川マキ、雨宮拓、阿部薫、阿部正一、阿部真郎、五木寛之、五海裕治、稲岡邦弥、井上敬三、今井正弘、宇梶晶二、梅津和時、大木雄高、大島彰、大友良英、大野真二、沖楯男、小野好恵、金沢史郎、騒恵美子、川崎克己、小杉武久、小杉俊樹、近藤等則、今野勉、坂田明、坂本龍一、坂本喜久代、坂本マチ子、清水俊彦、庄田次郎、菅原昭二、杉田誠一、鈴木恒一郎、須藤力、副島輝人、立松和平、友部正人、長尾達夫、中上健次、中村和夫、中村達也、中村陽子、奈良真理子、灰野敬二、原尞、PANTA、平岡正明、藤脇邦夫、本多俊之、松坂敏子、三上寛、村上護、村上龍、森順治、柳川芳命、山川健一、山口修、山崎弘、山下洋輔、吉沢元治、若松孝二、編集部
文遊社　2002年
『阿部薫覚書』を増補・再編集した『阿部薫1949-1978』（1994年）に、その後発掘された阿部薫のインタビューなどを加えた評伝。評論家らによるジャズ評のほか、ジャズスポットの店主や共演者といった関係者や遺族が阿部を語っている。村上龍や山下洋輔らによるLPのライナーノーツ、最新情報を加えたディスコグラフィー、出演記録などの年譜や書誌も収録。阿部の軌跡を辿る資料のまさに「決定版」となっている。

◉IZUMI, this bad girl.

荒木経惟＋鈴木いづみ

文遊社　２００２年

『私小説』（１９８６年）に掲載された写真を中心に再構成した、荒木経惟による写真集。荒木特有のセンチメンタルで優しい眼差しが、若き日の鈴木いづみを切り取っている。他人から期待される「いづみ像」を演じるけばけばしい姿や、過激で過剰な肉体を見せ付けるヌード、愛らしく笑う顔が、感情的で力強いドキュメンタリーとなっている。荒木のコメントのほか、荒木について書かれたいづみのエッセイ、鈴木あづさのエッセイも収録。

◉鈴木いづみセカンド・コレクション２　ＳＦ集

ぜったい退屈

文遊社　２００４年

「鈴木いづみコレクション」に収録されなかった作品を集めた「セカンド・コレクション」。このシリーズは、黄色の表紙で石黒健治の写真が使われている。本書は「ＳＦマガジン」などＳＦ誌各誌に発表されたものを集めたＳＦ短編集。表題作のほか、辺境の惑星を探索する一行を描いた「朝日のようにさわやかに」や、「わすれた」の続編である「わすれない」など計6作品を収録。解説は岡崎京子。

◉鈴木いづみセカンド・コレクション１　短編小説集

ペリカンホテル

文遊社　２００４年

鈴木いづみ作品の常連であるＧＳの美少年・ジョエルが登場する「本牧ブルース」など計7作品を収録。表題作の「ペリカンホテル」は、婚約者を追ってパリを訪れた26歳の佑子を主人公に、異国での彷徨と、青春の幻影が崩れ去るさまが描かれている。巻頭の2作品「もうなにもかも」「さよならベイビー」は、失われた「誰か」への慕情を描き、「残酷メルヘン」にも通じる短編。解説は高橋源一郎。

◉鈴木いづみセカンド・コレクション3　エッセイ集Ⅰ

恋愛嘘ごっこ

文遊社　2004年

『愛するあなた』（1973年）に収録されたものを中心としたエッセイ集。鈴木いづみの悪癖として名高い長電話について書かれた「火星における一共和国の可能性」のほか、男女論や人生観、自叙伝風のものなど内容は多岐にわたる。当時の若者たちについて書かれた、いわば「当世」若者論ともいうべきものは、現在でも違和感のない先見的な鋭さをもっている。文中のイラストも本人によるもの。解説は町田康。

◉鈴木いづみセカンド・コレクション4　エッセイ集Ⅱ

ギンギン

文遊社　2004年

エッセイや対談、石黒健治と石山貴美子による肖像写真などを収録。巻頭のエッセイ「夫との存在を賭けた闘いの中で、他人を知り自分を知る」は、標題通り阿部薫との結婚生活について書いたもの。傷つけ合い求め合った長い闘争の果てに「自分が再構築された」と書いており、それは始まりであり終わりであった、と述べている。何故なら「彼は死んでしまったのだから」。……これ以上の残酷な結末があるだろうか。解説は田中小実昌。

◉鈴木いづみプレミアム・コレクション

文遊社　2006年

「女と女の世の中」「夜のピクニック」「ペパーミント・ラブ・ストーリィ」などの短編ＳＦ６作品と、「いつだってティータイム」「ふしぎな風景」などの傑作エッセイに、コレクション未収録だった「あまいお話」を加えたもの。ＳＦマガジンに発表された「あまいお話」は、異星人との恋を描いた短編。書誌や年譜も収録されており、鈴木いづみ入門として手に取りやすい一冊。解説は高橋源一郎。

◉鈴木いづみ×阿部薫　ラブ・オブ・スピード　文遊社編集部＝編

文遊社　２００９年

鈴木いづみと阿部薫の生誕六〇年記念出版。時代を駆け抜けた伝説の最速カップルも、生きていれば、この年、揃って還暦を迎えたことになる。鈴木いづみ・阿部薫と親交のあった人に加え、鈴木いづみの新しい読者となった著名人らの寄稿で、ふたりの姿を描く。鈴木いづみがどのように語り継がれ、また、新しい読者に読み継がれているかがうかがえる。また、映画関係者のなかには、いづみ作品の映画化を望む声もある。

【寄稿】佐藤江梨子、町田康、新藤風、高橋源一郎、大森望、三浦しをん、田原総一朗、あがた森魚、副島輝人、大友良英、原雅明、平井玄、騒恵美子、本城美音子、若松孝二、朝倉世界一、池田千尋、歌川恵子、大石三知子、加部正義、近代ナリコ、今野勉、近田春夫、戸川純、日向朝子、宮崎大、山中千尋、与那原恵、四方田犬彦、ダグラス・ラナム、【シンポジウム・鈴木いづみRETURNS】司会／大森望　出演／高橋源一郎・森奈津子、【単行本未収録作品、荒木経惟・南達雄の未発表写真多数収載】、【鈴木いづみ書誌】本城美音子、【阿部薫ディスコグラフィ】大野真二。その他、映画誌「成人映画」から、写真、ポスターなどの新資料とともに、ピンク映画界との関わりを自ら書いた特別手記「〝浅香なおみ〟のころ」収載。

おそらく鈴木いづみは、
すべての女の文芸と女のマンガの先鞭をつけたのである。

松岡正剛

わたしの『遊学』（中公文庫）にはルー・サロメ、ルイズ・ミッシェル、アナイス・ニン、野上彌生子、ジョージア・オキーフ、森茉莉、ジャンヌ・モロー、スーザン・ソンタグ、緑魔子、ブリジット・フォンテーヌ、鈴木いづみ、パティ・スミス、萩尾望都がずらりと一緒に出てくる箇所がある。どの項目かは伏せておく。そこにはぼくが好きな女たちが、もっと踵を接して並んでいる。

自慢したい。おそらくこれだけの女たちの名を一緒くたに並べたのは、世界広しといえども、ここだけだと大いに自負したい。アナキストのルイズ・ミッシェルを入れたところも、『松岡正剛　千夜千冊』第九四一夜からの連鐘として受け取ってほしい。

鈴木いづみは子供の頃から「ありのままの現実」が嫌いだった。温泉町の伊東に育ち、高校までは成績もいい文学少女、卒業後は市役所に勤めてキーパンチャーをした。

婚約した男が行方をくらまし、二十歳で試みに書いた『ボニーのブルース』が「小説現代」新人賞の候補になってから、ホステスやモデルをやり、浅香なおみの名でピンク映画に出演、天井桟敷では『人力飛行機ソロモン』などの役者をしながら、小説を次々に書きつづけた。そのうち女というより、女のオカマになった。男に似せる女ではなく、男を吸うか、撥ねつけるか、二つにひとつの女になった。

この年（二十歳のとき）、「すばらしい男が現れないかぎり、私はたぶん三年以内にレスビアンになる」（鈴木いづみコレクション6収録『わたしの性的自叙伝』）と嘯《うそぶ》いた。翌年、短編『声のない日々』（コレクション2）が「文學界」新人賞になると、〝文学するピンク女優〟と騒がれて、半分は有名になり、半分は遊ばれた。

一九七一年が二十二歳。ぼくが「遊」を創刊した年だが、ちょうど寺山修司が鈴木いづみ前衛劇週間と銘打ったアトリエ公演をした。へえーっ、戯曲も書いていたのかと、『マリーは待っている』という舞台をこそこそ見に行ったが、のちに知る鈴木いづみはそこにいなかった。ぼくは最後の作品『ハートに火をつけ て！』（コレクション1）のような物語のなかの、また、『いつだってティータイム』（コレクション5）のような随筆のなかの、その鈴木いづみが好きなのだ。

鈴木いづみにとっての阿部薫は宗教である。阿部薫にとってのアルトサックスも宗教である。二十四歳どうしで二人は会った。おかげでレスビアンにはならなくてすんだ。

この、神様が爆薬を仕掛けたとしかおもえない衝撃波のような出来事を、ぼくは間章《あいだあきら》から洩れ聞いた。間章については最近では知る者が夕闇の光のように少なくなってしまったが、ぜひとも『千夜千冊』第三四二夜を読んでもらいたい。ぼくなりに鎮魂しておいた。あの時代にはこういう透徹した音楽カリスマがごろごろいたものだ。なかでも阿部薫と間章は飛び抜けていた(それに阿木譲と佐藤薫)。ぼく自身は阿部のフリージャズのナマを聞けなかったのだが(いつどこで演奏するのか、情報がめったに入らなかった)、札幌に行くたびに、あのジャズバー「アイラー」で浸った。阿部薫の音、それは全きアナキズムなのである。

その阿部にいづみは出会い、すぐに同棲をした。いづみは阿部が純粋きわまりないアナキズムを生きようとしているのに官能し、阿部はいづみの高速なエロスを堪能した。二人とも加速度がつくる第七官界だけに生きたかったのだろう。それにしても二人が混溶するなんて、信じられなかった。えっ、鈴木いづみと阿部薫? そんなこと、ありなのか。これでは、まるで水の中で火と音楽が結婚するようなものではないか。

けれども二人は一九七三年から一九七五年まで、ロバート・メイプルソープとパティ・スミスよりなお過激に、なお純乎に、お互いが対称性を破るかのように、斜《オブリック》めに合体していった。ぼくが「遊」をギョーカイで孤独に作り続けていた時期だ。

しかし、女は音楽と結婚するわけじゃない。いづみは〝男〟の阿部とのべつ口論し、しじゅう殴られ、泣き喚いた。

ピンクの帯にいみじくも「速度の愛へ」と謳われた『鈴木いづみ一九四九―一九八六』（文遊社）という一冊がある。知人や友人たちによる胸詰まる証言集になっているのだが、そこにはいづみが阿部に殴られた、前歯を折られた、入れ歯をしたらまた折られたという〝報告〟をたくさんの仲間に長電話しつづけている光景が、人それぞれの回想で綴られている。

そんなことを電話で急に聞かされた連中は、まるでフィリップ・K・ディックのSF小説を途中から読まされているかのような錯覚にとらわれ、慌てて現実に戻っていづみを慰めたらしい。ねえねえ、ちょっと待って、最初から話してみてよ。じゃ、二人で買い物に行ったわけね。そんな男とは別れちまいなさいよ。それでもいづみは、自分の足の小指を包丁で切断してまでも（これは週刊誌でかなり騒がれた）、阿部とは離れがたかった。

いづみはつねに阿部を矜持にしていたのだった。けれども、ある夜、その阿部がブロバリンを九十八錠も飲んで、あっけなく死んだ。二十九歳である。一九七八年のことだ。工作舎を訪ねてきた山崎春美が、ポツンと「阿部薫が死にましたね」と言った。そのときはだれも口にしなかったが、鈴木いづみもいつか自殺するだろうとみんながぼんやり思っていた。

鈴木いづみの啖呵と毒舌は有名だ。「ミック・ジャガー、デヴィッド・ボウイ、エルトン・ジョン、みんな小物だ」「加藤登紀子が生きてりゃいいさなんて歌ってると、死にたくなるよ」「ホモの雑誌は低能だね」「色情狂になるなら美人でいろよ」……こんなセリフがばんばん口に出る。

いまでは舌にピアスをするのも流行になっているけれど、当時からいづみの舌には〝言葉のピアス〟が、三つ四つ光っていた。それは金色や銀色ではなく、黒色だった。その一方で、鈴木いづみの文章はトーキングドラムの響きのような心地をもっていた。どんな言葉も重たくしていないし、リズムを外そうとしなかった。似たような感想を松浦理英子が語っていた。

当初、『声のない日々』が新人賞候補になったときの選評では、開高健が「言葉がよく洗滌してある」と書いていた。なるほど「洗滌」だ。それも柔らかいタワシでゴシゴシと陰部を洗っている。たしかに、そんな感覚がある。こういうことを見抜くのはさすがに開高健である。そこを野間宏は「会話の上昇感が足りない」と優等に言い、こういうときには則天去私をしたがる吉行淳之介は子供扱いにして「スケッチ風だ」と逃げた。

逃げてはいけない、とくに大人やプロは。しかし、多くの大人のプロたちは、寺山修司や荒木経惟や上野千鶴子をのぞいて、鈴木いづみの作品から逃げたのである。もしここで彼女が文学の微笑に包まれていたならば、いづみは自殺しなかったか、それとももっと凄い作品を書いていた。

おそらく鈴木いづみは、すべての女の文芸と女のマンガの先鞭をつけたのである。いづみ以前、少女マンガはたいしたものがなかった。いづみも少女マンガなんて気が抜けたシャンパンか、指を突っ込んで顔を破りたいぬり絵と思っていた。とくに女の文学にはまったくキャンプなものがなかった。キャンプがなかったらパンクもありえないし、アヴァン・ポップもありえない。そういうときはジェンダーやフェミニズムなんて、どうでもよかった。

ひとつだけ、例を言う。『ハートに火をつけて!』のラスト近く、二十九歳になっている鈴木いづみそのものの「わたし」が、環七に面した舗道で、右手に四個入りのトイレットペーパーの袋をぶらさげ、左手に財布をぼんやりもったまま、キラキラとした粉のような光に見とれて放心していると、その光の埃が柔らかく十字を切るシーンが出てくる。この直後に、ずっと一緒に暮らしていたジュン(阿部薫)が死んだという話になる。

こんな場面は、鈴木いづみ以前の女の文学にも女のマンガにもなかったのだ。やっと山田詠美が出てきたのは、いづみが二段ベッドにパンティストッキングを吊って自殺してからのことである。

そういう鈴木いづみを真っ正面から額面以上に捉えたのは、文学者たちではなく、まずは写真家の荒木経惟だった。この「コレクション」にはアラーキーのモノクロ写真がブックカバーを大きく覆っているが、いづみが死んでから追悼刊行された『私小説』（白夜書房）を見ると、なんだかウィリアム・クラインが鈴木いづみを泣きながら撮ったようで、しばし言葉が出ない。

次にミュージシャンがいづみの感覚と交わった。近田春夫や巻上公一である。かれらはいづみが好きな男たちでもあった。いづみはそのほかショーケン（荻原健一）やヴァニラ・ファッジの「キープ・ミー・ハンギング・オン」が好きだった。この曲は、ぼくがいまでも泣いてしまう曲である。

その次に鈴木いづみに注目したのが演出家たちだったろうか。田口トモロヲ、竹永茂生、寺山修司たちがいづみの存在そのものを、不条理演劇やアンチテアトロに拮抗する演劇とみなした。けれどもいづみは、演劇よりも映画に、映画よりも音楽に、そして最終的にはやっぱり文学に自分を賭けた。だからそのときに大人のプロたちがいづみの試みを引き取ればよかったのである。

二〇〇四年二月二十七日

『松岡正剛　千夜千冊』第7巻　男と女の資本主義、二〇〇六年、求龍堂刊。第九四三夜　厚みはいらない、極微がほしい。鈴木いづみ『鈴木いづみコレクション』より抜粋。

いづみ語録・コンパクト　◎著者＝鈴木いづみ　◎二〇一〇年一一月二五日　初版第一刷発行　◎編集＝鈴木あづさ＋文遊社編集部　◎発行＝山田健一　◎発行所＝株式会社文遊社　東京都文京区本郷三―二八―九〒一一三―〇〇三三　電話＝〇三―三八一五―七七四〇　FAX＝〇三―三八一五―八七一六　http://www.bunyu-sha.jp　郵便振替＝〇〇一七〇―六―一七三〇二〇　◎印刷・製本＝シナノ印刷株式会社　◎乱丁本、落丁本は、お取り替えいたします。定価は、カバーに表示してあります。◎Printed in Japan.　◎ISBN978-4-89257-069-8